슬픈
아이의 딸

LA REINE DU SILENCE

by Marie Nimier

Copyright ⓒ Éditions Gallimard, 2004
Korean Translation Copyright ⓒ MUNHAKDONGNE Publishing Corp., 2007

This Korean edition was published by arrangement
with Éditions Gallimard through Sibylle Books Literary Agency, Seoul.
All Rights Reserved.

이 도서의 국립중앙도서관 출판시도서목록(CIP)은
e-CIP 홈페이지(http://www.nl.go.kr/cip.php)에서 이용하실 수 있습니다.
(CIP제어번호: CIP2007004012)

슬픈
아이의 딸
La Reine du Silence

마리 니미에 장편소설 · 송의경 옮김

문학동네

차례

슬픈 아이의 딸 007

옮긴이의 말 스핑크스의 수수께끼를 풀기 229

우리 아버지는 어느 금요일 저녁 서른여섯의 나이로 돌아가셨다. 아버지가 타고 있던 '아스통 마르탱 DB4'는 파리에서 몇 킬로미터 떨어진 307번 국도와 311번 국도가 교차하는 사거리에서 가드레일을 들이받고 찌그러졌다. 좌측 차로에서 달리다가 브레이크를 밟으며 우회전을 하던 중에 발생한 사고였는데, 어떻게 이런 황당한 운전 과실이 일어났는지 알 길이 없다.* 차는 일곱 개의 콘크리트 경계석을 차례로 쓰러뜨리고 나서야 겨우 멈춰섰다. 아버지 옆 좌석에 탔던 젊은 여자는 이국적인 이름을 지닌 소설가였고, 자신의 첫 작품**의 증정본에 사인을 마치고

---

* 사고는 1962년 9월 28일 자정 15분 전에 생클루 터널에서 파리 방향으로 6킬로미터 떨어진 지점에서 발생했다.

7

갈리마르 출판사에서 나오는 길이었다. 순시아레 드 라르콘은 스물일곱 살의 보기 드문 미인이었다.

두 사람의 관계에 대해서는 왈가왈부할 여지가 전혀 없다. 사실 무슨 말을 할 수 있겠는가. 그 당시 내가 자동차 안에 있었던 것도 아니고, 나는 그저 다섯 살짜리 어린애에 불과했으니 말이다. 아버지를 못 본 지가 이미 수개월도 더 지났을 때였다. 아버지는 우리와 함께 집에서 살지 않았다. 당시의 몇몇 신문들은 아스통 마르탱을 운전한 사람이 아버지가 아니라 그 여자일 수도 있다고 했다. 그녀가 묻힌 곳이 어딘지 궁금하다. 아마 자기 고향인 랑베르빌레르***겠지. 여자에겐 아들이 하나 있었다. 이 글을 쓰는 지금 내 머릿속에는 그애의 이름이 도무지 떠오르지 않는다. 우리는 한 이십 년 전에 그의 여자친구이자 내 친구의 주선으로 한번 만난 적이 있다. 그는 음반 프로덕션에서 일을 하고 있었고, 나는 '레젱콩솔라블(절망에 빠진 사람들)'이란 그룹에서 노래를 부르던 가수였다. 만일 내가 우연이란 것을 믿었다면, 그야말로 기막힌 우연의 일치라고 말했으리라. 우연을 꾸며낼 수 있다면 바로 이런 이야기, 즉 함께 죽은 두 사람의 자식들의 관계에 대한 이야기가 되지 않았을까.

** 제목은 『메신저La messagère』이다.
*** 프랑스 북동부 보주 지방의 도시.

그와 나는 포르트 도를레앙의 한 카페에서 처음 만난다. 그가 손짓을 하자 그의 어머니의 금발머리가 떠오른다. 내 입술이 바르르 떨린다. 순시아레의 아들은 머리가 길고, 조숙하게 자란 아이답게 몸가짐이 차분하고 진중하다. 우리는 동갑이고 젊다. 새파랗게 젊다. 하지만 아직 그런 사실을 깨닫지 못하고 우리 자신이 폭삭 늙었다고 느낀다. 우리는 다른 사람들의 시선에서 되도록 먼 구석자리에 앉아 있다. 카페에는 대형 거울과 부드러운 조명과 모조 가죽을 씌운 긴 의자들이 있다. 나는 그 장면을 머릿속에 그려본다. 시나리오를 상상한다. 판매부수를 높일 욕심이라면 불륜과 애정행각을 적당히 섞어 쓰면 되리라. 대박이 터질 만한 주제니까. 잡지 특별호의 표지에는 박살난 아스통 마르탱의 사진이 앞 다투어 실리게 되리라. 하지만 나는 그런 책을 쓰지 않았다. 이십 년 전에도 쓰지 않았고, 앞으로도 쓰지 않을 것이다. 그런데 혹시 그런 책을 쓰게 된다면 다른 식으로 시작할 작정이다.

이렇게 서두를 꺼낼 것이다. "나는 '슬픈 아이'*의 딸이다"라고 하거나, 영어 번역판의 제목을 그대로 옮겨 "'상황이 낳은 아이'의 딸이다"라고 말이다. 아버지는 작가였다. 아버지는 스물

---

* 작가 마리 니미에의 아버지인 로제 니미에의 작품 『슬픈 아이들』(1951)에 대한 패러디이다.

다섯 살에 『푸른 경기병』을 발표하면서 일약 유명인사가 되었다. 그에 대해 아는 바가 전혀 없는 이들을 위해 포켓판에 실린 작가 프로필을 내 나름으로 가감해서 옮겨보자면 이러하다. 로제 니미에(1925~1962)의 생애와 작품은 생략과 단축이라는 운명을 타고났다. 브르타뉴 계로서 파리에서 태어나 계속 파리에서 살았으며 엄청난 학식을 쌓았다. 1944년 제2기병 연대에 입대했으며, 문필활동을 하던 중 자동차 사고로 죽는다. 자기 세대에서 가장 재능 있는 작가 중 하나였던 그는 생애가 전광석화처럼 짧았던 만큼 서둘러 일련의 소설들을 출간했던 것으로 보인다. 작품 역시 그의 삶과 마찬가지로 당돌한 특성을 지녔다. 달타냥*의 충실한 버전인 동시에 대단한 학식을 갖춘 그는 자기 시대의 기성(旣成) 사고에 역행했다. 그를 포함해서 앙투안 블롱댕, 자크 로랑, 미셸 데옹 같은 일군의 젊은 작가들, 즉 후에 '경기병파'라 불리게 될 이들 그룹은 당시의 좌파 지식인들에게 반기를 들었다**. '경기병'이란, 그대로 인용하자면, "인생은 부드

---

* 알렉상드르 뒤마(1802~1870)의 소설 『삼총사』의 주인공. 또한 로제 니미에의 소설 『사랑에 빠진 달타냥』(1962)의 주인공이기도 하다.
** 1950년을 고비로 프랑스 문단에서는 실존문학에 대한 반동으로 문학의 순수성을 회복하려는 움직임이 젊은 작가들 사이에 일기 시작한다. 이들에게 '경기병파'라는 별칭이 붙은 까닭은 장 지오노의 『지붕 위의 경기병』과 로제 니미에의 『푸른 경기병』 때문이다.

럽게, 여자는 거칠게 다루는 몽상가 타입의 군인"을 가리킨다.

혹은 "자동차를 가진 사내"일 수도 있다.

아버지에 관한 기억이라곤 사실상 거의 없는 것이나 마찬가지다. 그래서 나는 아버지 친구들에게 기대를 건다. 그들이 했던 말이나 발표한 글, 혹은 퍼뜨린 소문에 관심을 기울였다. 자기 아버지를 알기 위한 방법, 만나기 위한 방법치곤 이상한 것이다. 그들은 아버지에 대해 때로는 번갈아서 때로는 동시에 이렇게 묘사한다. 거침없고, 진지하고, 거짓말을 하고, 충직하고, 굼뜨고, 잽싸고, 근면하고, 게으르고, 냉소적이고, 애국자이고, 냉혹하고, 다정하고, 무관심하고, 열정적이고, 심각하고, 경박하고, 꼬장꼬장하고, 관대하며 또 손재주가 없는 만큼이나 감정표현에도 서투른 사람이라고. 나는 아버지가 기자이고 편집장이고 시나리오 작가였으며, 더욱이 사망 당시까지 갈리마르 출판사의 문학 고문이었음을 덧붙이고 싶다. 바로 그런 연유로 아버지는 『메신저』 및 몇몇 미간행 소설을 쓴 순시아레 드 라르콘, 일명 수지 뒤립트*를 알게 되었던 것이다. 또한 아버지에겐 자식이 셋 있었는데, 맏이인 기욤은 태어나면서 죽었다는 말도 해야겠

---

* 수지 뒤립트는 순시아레 드 라르콘의 본명이다.

다. 그 사실이 앞으로 이어질 이야기 전체에 영향을 미치게 될 것이기 때문이다. 나보다 18개월 위인 마르탱 오빠에 대해서, 그리고 엄마가 첫 남편과의 사이에서 낳은 자식이어서 나와는 아버지가 다른 위그 오빠에 대해서도 말할 작정이다. 이제부터 나는 아버지의 전설을 더욱 빛나게 할 일화들을 이야기하려 한다. 그중에는 잘 알려진 것뿐만 아니라 거의 알려지지 않은 것도 있다. 나는 좀 까발려볼 생각이다. 심지어 아버지의 개인적인 편지까지 들춰서 로제 니미에란 인물을 새롭게 조명해줄 사건들마저 찾아낼 작정이다. 그런 다음 이 모두를 휴지통에 던져넣으리라.

혹은, 이 책을 생브리외* 묘지를 방문했던 이야기로 시작할 수도 있다. 내가 처음으로 아버지 묘지에 갔던 것은 삼 년 전이었다. 책의 첫머리에 나는 이렇게 쓰려 한다. "수많은 묘석이 있으며, 나무도 많다. 무덤이 야외 숙소의 소형 침대들처럼 즐비하게 늘어서 있다"라고. 처음에 떠오른 생각은, 그렇다, 묘지에 도착한 후 제일 먼저 떠오른 생각은 바로 이랬다. "다들 편히 잘 있구나, 바다가 굽어보이는 이곳에. 아버지는 여기 편히 잘 계시는구나."

---

* 프랑스 북서쪽 영불해협 연안의 도시.

기차를 타고, 그 다음엔 비를 맞으며 걸어가야만 한다. 아버지 묘지에 갈 때마다 매번 비가 왔기 때문이다. 그렇다고 해서 일반적인 프랑스의 기후, 특히 브르타뉴 지방의 기후에 관해서든, 혹은 나의 내면 상태와 변덕스런 날씨 사이의 기묘한 일치에 관해서든 어떤 결론을 끌어내려는 것은 아니다. 나는 늘 같은 꽃집에서 꽃을 산다. 묘지 맞은편의 그 꽃집에서는 우아한 여자가 밸런타인데이 선물을 포장하듯 사랑을 듬뿍 담아 꽃을 포장해준다. 불과 몇 분 후엔 꽃다발 포장이 장미모양으로 매듭진 리본과 '볼뒤크(색 리본)'에 황금빛 상표가 붙여진 그대로 중앙 산책로의 쓰레기통에 처박힐 것임을 여자도 잘 안다. 맞다, 방금 확인해본 결과 '볼뒤크(bolduc)'(이 단어가 미심쩍었다)가 틀림없다. 북(北)브라반트*의 주도(州都)인 부아르뒤크(Bois-le-Duc) 산(産)이어서 붙여진 명칭이다. 꽃집 여자는 꽃다발 아래쪽에 리본을 갖다 대고 칼날과 엄지손가락 사이에 리본을 끼운 다음, 리본을 잡아 위로 뽑는다. 손놀림이 민첩할수록 리본은 거품처럼 곱슬곱슬해져 장미꽃과 더 비슷해지는 반면, 손놀림이 굼뜨면 고불거림이 너무 촘촘해진다는 것을 그녀는 손가락의 감각으로 전부 알고 있다. 또한 자신이 만든 아름다운 작품이 재빨리 쓰레기통에 처박힌다는 사실도 알고 있다. 마치 제과업자가 크리스마스의 장작 모양 케이크에 아몬드페이스트를 얹어 만든 장식물이 뱃속에 들어가면 파르스**와 굴과 거세된 수탉과 섞여 뒤죽박죽되는 것을 알면서도 아랑곳하지 않는 것과 매한가지다. 꽃집 여자는 일을 깔끔하게 마무리하기를 좋아한다. 오직 행위의 아름다움, 순간의 기쁨을 중요하게 여길 따름이다. 그럴 필요 없다고(그저 모양새에 불과한데 그토록 공들일 가치가 있는지?) 손사래를 쳐봤자 소용없을 것이다. 여자는 말을 듣지도, 쳐다보지도 않고 그저 가윗날로 황금빛 리본을 누른 채로 리본이 셀로판 종이 위에 영국식 컬 모양으로 방울져 흘러내릴 때까지

---

* 벨기에와 네덜란드 사이에 위치한 브라반트 지방은 남브라반트와 북브라반트로 나뉜다.
** 잘게 다진 고기를 생선, 야채에 넣은 요리.

줄곧 일에만 열중할 것이다. 꽃집도 주인 여자의 이미지와 흡사하다. 조화, 조각된 판석, 장례 화환들, 이 모든 것들이, 뭐랄까, 그래, 명랑한 느낌을 주도록 다른 것들, 즉 제각각 다른 높이로 매달려 흔들거리는 테라코타 천사들, 향내 나는 초, 그리고 라디오와 함께 뒤섞여 진열되어 있다. 라디오에서 이런 뉴스가 흘러나온다. "이번주 첫날부터 끔찍한 교통사고가 일어났습니다. 사망률을 낮추기 위해 강력한 조치가 필요한 때입니다."

어렸을 때 아무도 우리에게 아버지 묘지에 가자고 하지 않았다. 하지만 해마다 우리는 묘지가 있는 지방에서 여름방학을 보내곤 했다. 기차를 타고 생브리외까지 내려간 다음 거기서 장거리 버스를 타고 생케포르트리외까지 갔다. 마르탱 오빠는 아버지의 묘지를 알고 있을지도 모른다. 묘지에 가볼 용기가 내게는 아주 뒤늦게야 생겼고, 그 일이 무슨 비난받을 행위라도 되는 양 거의 남몰래 다녀왔다. 어느 날 마르탱 오빠와 함께 다시 생브리외에 가보고 싶다. 다음과 같은 문장을 쓰는 것만으로도 눈물이 쏟아진다. 언젠가, 쉼표, 나는 우리 오빠와 묘지에 꽃을 놓으러 갈 것이다. 아니, 다르게 말하자. 언젠가, 쉼표, 나는 마르탱 오빠와 함께 우리 아버지 묘지에 갈 것이다. 로제 니미에의 묘지.

15

언젠가, 쉼표, 우리 오빠와 나는 갈 것이다, 언젠가, 쉼표, 그런데 오빠네 자동응답기에 아무리 메시지를 남겨도 오빠는 절대로 내게 전화를 걸지 않는다. 그렇다고 화가 나는 건 아니지만 그래도 내가 오빠에게 방해가 된다는 느낌은 든다. 그러다가 결국 더 이상 방해하지 않게 된다. 바다가 내려다보이는 묘지에 가는 일, 나무들, 소형 침대 같은 묘지들과 아빠에 대한 고통스러운 기억들, 이 모든 것을 나 혼자 간직한다.

묘지에 처음 갔을 때 관리인은 묘지를 손질하라며 내게 삽과 빗자루를 빌려주었다. 관리인은 직업에 대한 자부심이 대단해서 여봐란 듯이 일을 한다. 꽃집 여주인과 관리인은 서로 이야기를 나누고 있었다. 관리인이 알려준 바로는 지난 수년 동안 이 묘지를 찾은 방문객은 거의 없었다고 한다. 칠팔 년 전 10월에 텔레비전 촬영팀이 온 적이 있긴 한데, 그저 묘지의 상태를 확인하러 왔을 뿐이라고 했다. 버려진 묘지를 보더니 희희낙락했을 뿐 아니라 거기서 미학적인 만족감을 느끼는 듯싶었다는 것이다.

"병적인 만족감"이라고 관리인이 말했다.

그들은 무엇을 증명하려 했던 것일까? 그들은 아무것도 건드리지 않고, 심지어 낙엽을 치우는 시늉조차 않은 채로 촬영에 들어갔다. 촬영은 관록 있어 보이는 한 은발 남자가 십자가 앞에서 인터뷰에 응하는 형식으로 진행됐다. 관리인은 꽃병이라도 몇 개 빌려다 놓자고 제안했다. 마침 그날 기일을 맞은 루이 기유*의 묘지나, 그곳에서 몇 무덤 건너 카뮈의 부친 묘지에서 빌려올 수 있었기 때문이다. 감독은 일언지하에 거절했을 뿐 아니라 약간 비웃기까지 했다. 아마 관리인이 팁을 얻어낼 심산으로 짐짓 돕는 척한다고 생각한 것 같았다. 관리인에게 돌아온 것은 방금 현금인출기에서 뽑아온 신권 지폐 한 장과 좋은 말로 물러서 있으라는 권고였다. 이런 대접에 그는 충격을 받았다. 모욕감을 느껴서가 아니라, 그의 말에 의하면, 이것은 관리인 개인의 문제가 아니었기 때문이다. 이토록 잘 관리된 묘지가 텔레비전에서 관리가 형편없는 것처럼 소개되는 것이 문제였던 것이다. 하지만 그에게는 촬영을 못 하게 막을 힘이 없었다. 그런데 때마침 비가 내리기 시작했고, 촬영팀은 비를 피해 카페로 들어갔다. 이 틈을 타서 관리인은 무덤에 약간의 손질을 가했다. 풀을 뽑고, 비로 쓸고, 긁어내고, 꽃을 갖다 놓고, 묘석의 잔가지 모양의 금속장식을 박박 문질러 닦았다. 한 시간 후에 인터뷰를 마저 끝내려고 돌아온 기자는 노발대발 화를 냈다. 하지만 화를 낸들 무슨 소용

---

* Louis Guilloux(1899~1980) : 프랑스 소설가. 생브리외 출신이다.

이 있겠는가. 묘지 하나가 말끔해지는 데는 한 시간으로 족하지만, 버림받은 무덤이 되려면 오랜 세월이 필요한 법이다. 촬영팀은 계획을 처음부터 죄다 수정해야 했다. 사망 직전에 아버지를 만났던 사람이 천천히 중앙 산책로로 걸어 들어와서, 묘석에 새겨진 이름들을 읽고, 추억담을 독백하는 것으로 바뀌었다.

머리가 희끗희끗한 그 남자는 아마 작가일 듯싶은데 누구인지 자못 궁금하다. 관리인 말로는 그가 아버지를 사망 당일 만났다고 했다. 그 프로그램을 찾아봐야겠다. 아마도 복사본이 이 도시의 자료보관소나 미디어자료관에 있을지 모른다. 사고 당일 밤늦게 아버지가 '로제라그르누이유'에서 약속이 있었다—거기서 자정 무렵 친구들과 합류하기로 되어 있었다—는 사실을 그가 알고 있는지 모르겠다. 파리의 레스토랑 이름치곤 희한한 이름인 로제라그르누이유.* 그 레스토랑은 아직도 건재하다. 창설자인 주인에 관해 떠도는 일화에 의하면, 그가 여자 손님들에게 입맞춤의 대가로 개구리 기념품을 하나씩 주었다고 한다. 처음에는 볼에다 하는 가벼운 뽀뽀였겠지만 그가 재빨리 고개를 돌리는 바람에 입에다 하는 키스로 바뀌었다. 로제라그르누이유

---

* Roger la Grenouille. '개구리 로제'라는 의미이다.

는 고아였다. 그는 목요일마다 스무 명쯤 되는 아이들을 불러다 점심을 먹였다. 정말 별난 곳이다. 그곳에 갈 만한 배짱이 내게도 있으면 좋겠다. 그러면 랑베르빌레르 출신의 젊은 여류 소설가의 아들을 그곳으로 초대할 텐데. 순시아레의 아들을. 그러자면 아들의 이름을 기억해내야 하지 않을까, 그의 가족을 찾아내야 하지 않을까. 랑베르빌레르, 도대체 랑베르빌레르가 어디지? 나는 랑베르빌레르에 관한 인터넷 검색결과를 감히 말하지 못하겠다. 아직은 때가 아니다. 나는 랑베르빌레르가 어디인지 잘 안다. 보주 지방에 있다. 나는 심지어 그곳에 가는 버스 시간표까지도 가지고 있다. 내 블로그에는 그 지역의 축제 사진들이 저장되어 있다. 검색창에 지명을 입력하고 클릭하면 "랑베르빌레르, 송아지 머리들의 도시"*라는 문장이 바로 뜬다. 이 문장은 정육업자조합에 관해 연달아 나오는 정보들 중의 하나를 그대로 옮긴 것이다. 영광스럽게 장식된 전차(戰車) 안에 놓인 전리품처

---

* 랑베르빌레르 주민들이 '송아지 머리'라 불리게 된 연유는 이러하다. 어느 날, 부자 주민 여섯 사람이 크리스마스 저녁 때 함께 모여 파티를 하기로 했다. 음식은 각자 가장 잘하는 요리를 만들어 오기로 합의를 보았다. 드디어 그날이 되어 상을 차린 다음, 첫번째 요리를 열어보니 알맞게 구워 소스를 뿌리고 예쁘게 장식한 송아지 머리 요리였다. 두번째 요리도 송아지 머리였다. 세번째도, 네번째도, 그렇게 여섯번째 요리까지 모조리 송아지 머리 요리였다. 모두가 놀랐고, 기가 막혔고, 그러고 나서 웃음을 터뜨렸다. 그 이후로 이 도시 사람들에게 '송아지 머리'라는 별명이 붙게 되었다.

럼 이리저리 끌려다니는 송아지 머리들. 가엾은 순시아레, 참으
로 우아한 가명과 여왕의 머리칼을 지닌 그녀가 그토록 소설 같
은 죽음을 맞이하다니…… 하지만 나는 소설 같은 죽음이라는
말이 싫다. 부서진 자동차 안에 영웅적인 것은 아무것도, 전혀
아무것도 없다. 있는 것이라곤 단지 피와 부서진 차체(車體)의
파편들, 사이렌 소리, 구급차, 랑베르빌레르로의 귀환, 정육점,
돈육제품, 냄새를 좋게 하려 콧구멍에 토마토를 집어넣은 머리
고기와 테두리 장식으로 놓인 반들거리는 홍당무, 그리고 후대
에 길이 남을 만큼 그 일에 기울인 정성뿐이다. 나는 갈피를 잡
지 못한다. 아버지의 흩어진 몸을 생각하지 말았어야 했나보다.
사고 당시의 상황이 슬로모션으로 눈앞에 펼쳐진다. 나는 그 사
고를 가능한 모든 버전으로 상세히 묘사할 수 있고, 그것만 써도
소설이 한 편 되리라. 그것은 제방에 두 발이 고무줄로 묶인 상
태에서 물살에 맞서 끊임없이 헤엄쳐야 하는 악몽처럼, 주변의
잡다한 일들을 매번 처음부터 반복해서 다시 쓴 책이 될 것이다.
그 책엔 남자가 말하지 않은 것, 여자가 말한 것. 자동차의 냄새
와 엔진 소리. 두 육체의 움직임과 정신의 방출. 느닷없는 섬광,
공포, 비명소리, 그리고 이어지는 커다란 침묵이 있을 것이다.
아버지가 순시아레를 만나기 직전에 탈고한 소설에서 달타냥이
마지막으로 한 말도 넣을 것이다. "도로(道路)만이 삶을 평온하

20

게 한다." 아스통 마르탱 안에서 무슨 일이 일어났는지 누군가 언젠가는 알게 될까? 나는 무지의 특혜(모르는 게 약이라는 뜻이다)를 누릴 뿐 그 일을 거론하지는 않을 작정이다. 상상조차 하지 않겠다. 상상을 거부할 것이다. 숨는다고 눈만 가리는 아이들처럼 나도 두 눈을 가리고 이렇게 반복할 것이다. "그건 나와 상관없는 일이야."

올해는 만성절(萬聖節)*에 묘지에 다녀왔다. 관리인은 새 구두를 신었고, 꽃집 여주인에겐 조수가 두 명 생겼다. 둘 다 여주인처럼 세심했지만 색 리본으로 컬을 만드는 솜씨는 확실히 모자랐다. 아마 그녀의 딸이나 조카들이 용돈이나 벌려고 사람들이 몰리는 날 일손을 거들러 왔으리라. 나도 아주 젊어서부터 아르바이트를 했다. 요술궁전에서 천사 노릇을 한 적이 있었다. 하얗게 화장을 하고 진짜 깃털로 된 날개를 달고, 그리고 부탁 받은 대로 리듬에 맞춰 작은 탬버린을 흔드는 일이었다. 나는 길에서 맨발로—신발을 신은 천사라니, 아니, 절대 그럴 순 없다—걸어다녔다. 그때 나는 열다섯 살이었다. 키르**를 마셨고, 순회

* 11월 1일. 죽은 이들을 기리는 날이다.
** 백포도주에 리쾨르를 가미한 아페리티프.

21

공연 내내 잠은 트럭 뒤칸에서 잤다. 아버지의 사망을 다룬 어떤 기사에도 혈중 알코올 농도에 대한 구체적인 언급은 없었다. 당시 신문들을 죄다 뒤져보았지만 허사였다. 사람들 말로는 아버지가 차를 타고 떠나기 전에 언론계의 여러 칵테일 파티에 들렀다고 했다. 경찰서의 기록을 찾아보거나 사건이 마지막으로 송치된 법원에 청을 넣어야 할 텐데, 대체 내가 무슨 자격으로 서류를 다시 개봉하라고 요구한단 말인가? 하지만 어딘가에 알코올 수치가 분명히 기재되어 있을 것이다. 사고 당일 순시아레는 한 친구에게 "드디어 그 사람 뱃속에 뭐가 들었는지 알게 될 거야"라는 말을 했다고 한다. 그로부터 이십 년 후에 앙드레 피예르 드 망디아르그*가 전해준 말이다. 그의 말을 믿어도 될까? 그 여자가 우리 아버지 뱃속을 보고 싶어했단 말이지. 종종 이 문장이 생각날 때면 나는 혼자 이 말을 되풀이한다. 문장의 의미가, 그 불길함이 사라질 때까지. 존재했으므로 사라질 때까지. 순시아레의 아들은 포르트 도를레앙 카페에서 나와 만난 이후로 자기 분야에서 꽤 성공을 거두었을 것이다. 비극적 사건을 말하던 그의 태도가 무척 인상적이었다. 그가 지닌 가벼움과 자신감이 부러웠다. 그는 자기 어머니를 보호자의 애정 어린 눈길로 바라

---

* André Pieyre de Mandiargues(1909~1991) : 프랑스 작가. 영화 〈오토바이〉 의 원작자이다.

보았다. 적어도 내게 그런 기억을 남겼다. 그는 어머니를 원망하지 않았다. "어머닌 그런 분이었는걸"이라고 말했다. 마치 사고로 인한 죽음마저 어머니 삶의 한 부분이라는 듯이 말이다. 나는 의아하다. 그가 어떻게 화해에 이를 수 있었는지, 저항을 느끼지는 않았는지, 이 글을 읽게 될지.

몇 달 전에 나는 인근 도시의 자동차학원에 등록했고, 필기시험에 무난히 합격했다. 하지만 실기시험은 처음 교습을 받을 때부터 별로 자신이 없어서 통과하는 데 훨씬 더 애를 먹을 듯싶다. 하지만 프랑크와 함께 아이들을 데리고 노르망디에 살게 된 이후로 운전은 불가피한 것이 되었으므로, 어쩔 도리 없이 운전면허증을 취득하기로 마음을 굳혔다. 운전면허가 지상 과제가 된 만큼 나는 더욱 단호하게 마음먹는다. 나 자신이 바보처럼 느껴진다. 그래, 의욕은 가득한데 자동차 핸들만 잡으면 나는 완전히 천치가 되어버린다. 조교가 끈기 있게 한 방울씩 떨어뜨려주는 정보들이 마치 물방울이 오리털 위로 미끄러지듯 내게서 미끄러진다. 어쩌면 당연해 보이기도 한다. 처음엔 언제나 그런 법이니까. 기어는 **뻑뻑**해서 마치 푸석푸석한 머리털에 달라붙은 플라스틱 빗처럼 기어박스에 꼭 달라붙어 있는 것만 같다. 그래, 남들도 처음엔 시동을 자꾸만 꺼뜨렸을 테고, 뒤차가 바싹 따라 붙으면 겁을 냈겠지. 정신을 집중할 필요가 있다. 조교 말대로 정신을 차려야 한다, 정신을 바짝 차려야……

앞에 쓴 묘지를 방문한 대목을 다시 읽어보니, 내가 실제로 느꼈던 바와 너무 다르다. 적당한 어조를 찾기도 거리를 유지하기도 어렵다. 예컨대 꽃집 여자의 경우가 그렇다. 첫번째 방문 때 나는 그녀에게 살의를 느꼈는데, 포장 장식물과 여자의 몽상적 태도 때문이었다. 여자는 자기 엄지손가락에 가윗날을 대고 너무 세게 눌렀다. 곧 피가 솟구칠 것만 같았다. 끔찍한 손놀림, 더욱이 그 소리, 색 리본이 서걱서걱 부딪치는 소리, 째지는 소리, 그래서 나는 젊은 여자에게 이제 제발 그만하라고, 멈추라고 명령했다. 나는 가게 안에 쩡쩡 울리는 엄청나게 큰 내 목소리를 들었다. 그러자 여자가 놀란 표정으로, 아니, 놀란 게 아니라 겁에 질린 표정으로 나를 바라보았다.

내가 사과를 했다. 부끄러웠다.

"꽃은요, 저 맞은편에 가져갈 거예요." 내가 턱으로 묘지 쪽을 가리키며 웅얼거리는 소리로 말했다. 여자는 시선을 떨어뜨렸다. "네, 저 맞은편에요." 여자가 내 말을 반복하며 마치 우리 아버지가 방금 묻히기라도 한 듯이 조의를 표했다. 아버지는 벌써 오래전에 돌아가셨다고 말해주어야 했을까? 나는 물러서 있었고, 여자는 작업을 계속했다. 전부 풀어버릴 심산은 아닌 것 같았다. 포장이 웬만큼 완성되었기 때문이겠지. 나는 울지 않으려고 라디오 소리에 정신을 집중했다. 그러면서 나는 울었다. 아버지의 사망소식을 직접 들은 사람들을 모두 다시 떠올려보았다. 꽃집 여자의 열성에 내 마음이 움직이기 시작한 것은 내가 관리인의 세심함에 감동했던 두번째 방문부터였다. 그녀의 느린 동작과 눈 위로 머리칼이 흘러내리면 머리를 흔드는 모습을 다시 보는 것이 즐거웠다. 처음 몇 페이지를 어떻게 쓰면 좋을지 모르겠다. 모조리 다 지워버리고, 한 번 더, 전부 다시 써야 되지 않을까 하는 생각이 이따금 든다. 사실들을 이야기해보자. 앞 유리창이 부서져 산산조각이 났고, 의식을 잃은 두 사람이 들것에 실린다. 추위를 느끼지 않게 사람들이 그들의 몸을 덮어준다. 영안실에서 찍은 사진을 보니 둘 다 아름답고 몹시 창백하다. 마치 와상(臥像)처럼 보인다. 처음 묘지에 갔을 때는 그 사진들이 생각나서 하얀 수국을 샀다. 수국을 꽂았던 손잡이 달린 들통 역시 흰색이었다. 흰 칠을 했거나, 혹은 흰 가루가 손가락에 묻어나는 것으로 보아 백악 점토를 입힌 것 같기도 했다. 들통에 꽂힌 수국을 아버지 묘지에 내려놓는데 작은 분말덩어리가 떨어져 나왔다. 백악이 틀림없었다. 아마도 소나기 때문에 녹아내리기 시작한 모양이었다. 돌아오는 길 내내 백악이 차츰차츰 묘지 전체를 덮어가는 이미지를 머릿속에서 떨쳐버릴 수가 없었다. 백악은 묘석의 미세한 구멍들로 의기양양하게 침투해 들어가서 거기 새겨진 글자들과 나뭇가지 장식들을 두드러지게 하리라. 꽃이 시들어가면 들통의 흰색도 회색으로 변하면서 점차 본래의 색깔로 돌아가게 것이다. 그러다 바람이라도 불면 결국 들통은 균형을 잃어 쓰러지게 될 것이고, 관리인 혹은 고양이들에게 먹이를 주러 온 꽃집 여자가 쓰러진 들통을 일으켜세우겠지. 사자(死者)들의 머리 위에 선명하게 찍힌 고양이 발자국들, 그것은 이름 없는 세계에 새겨진 삶의 흔적이다. 누군가가 버려진 물건을 줍는다. 그것을 자기 집에 갖다 놓는다. 그가 그것을 사용하는 동안, 나는 컴퓨터 앞에 똑바로 앉아서 사진—라셀생클루 다리 사진, 가르슈 병원 사진, 랑베르빌레르에서 행진중인 돈육업자들 사진—을 들여다본다. 기차 안에서, 그리고 내 서재로 돌아와서 말이다. 그렇게 이런저런 사진 속을 떠돌다보면, 한때, 오래전에 내가 아빠라고 부르던 그 남자의 얼굴을 찾을 수 있다는 듯이 말이다.

5월의 어느 날 아침, 나는 의붓오빠인 위그에게 의부의 사망 소식을 어떻게 알았는지, 즉 로제 니미에의 죽음에 대한 자초지종을 말해달라고 부탁했다. 우리는 둘 다 그 문제를 입에 올린 적이 한 번도 없었는데, 아마도 성적인 수치심 때문에, 즉 자식을 원해서 낳는 일만큼이나 확실하게 가족형성의 근거가 되는 극도의 수치심 때문이었으리라. 우리는 그것을 옆에 제쳐둔 채 삶을 계속해나갔다. 그것을 도로변에 방치한 채로. 심하게 훼손된 의식 없는 몸뚱어리를 아이들 눈에 띄지 못하게 멀리 치워버린 채로. 우리는 비극으로부터 우리를 보호해줄 관계를 형성할 셈으로 비극을 고치 속에 가두어 날개를 퍼덕이지 못하게 했던 것이다. 나보다 열 살 위인 위그 오빠는 내게 알려줄 것들이 아직도 많으며, 그것은 오빠가 아니면 절대로 말해줄 수 없는 것들이다. 나는 오빠에게서 장례식 이야기를 듣고 싶었다. 자동차 사고 이후로 여러 날, 여러 주가 지난 때였다. 나는 몽파르나스 역에 내려 위그 오빠에게 전화를 걸었다. 오빠는 라로셸 근처의 오래된 여인숙에서 살고 있었다. 몇 시간 후, 나는 잠자리채를 쥐고 보리수나무 그늘에 앉아서 오빠가 털어놓는 말들을 훼손하지 않게 조심하면서 모조리 잡아 넣고 있었다. 잠자리채는 다름 아닌 내 앞에 놓인 백지 한 장과 오른손에 쥔 만년필이었다. 나는 오빠를 쳐다보지 않고 듣기만 했다. 시선의 무게로 부담을 주지 않아야 목소리가 훨씬 쉽게 날아오르니까. 나는 푸른색 아마 원피스 차림이었는데, 그날 처음 입은 옷이었다. 옷이 몸에 약간 끼었다. 나는 그 느낌, 갑옷이나 방패처럼 외부의 공격에서 보호하는 것이 아니라 나 자신의 몸 내부에서 가해오는 공격에서 나를 보호해주는 식물성 피부를 겹 댄 듯이 꼭 조여오는 느낌이 좋았다. 내가 아무 생각 없이 무작정 기차를 탔다 하더라도 여행 자체는 확신할 수 있는 것처럼 말이다. 기차 진행 방향의 좌석에는 빈자리가 하나도 없어서 나는 역방향 좌석에 앉을 수밖에 없었다. 나는 풍경을 등지고 앉는 게 싫었다. 기관차가 객차를 따라잡으려고 달리는 느낌, 떠밀리는 탓에 결코 도달하지 못하리라는 느낌…… 그런데 무엇에 도달하려는 거지? 위그 오빠에게 묻기에는 좀 늦어버린 감이 있지 않을까? 어떻게 말을 꺼낸다지, 느닷없는 과거탐사의 욕망은 또 어떻게 설명하고, 그토록 오랫동안 유지해온 우리 관계의 토대를 돌연 위태롭게 하면서까지? 왜 이렇게 조바심이 나는 거지? 왜 당장 침묵을 깨고 싶은 마음이 드는 거지? 오빠는 진짜로 내가 어디 아픈 거라고 생각할 거야. 날 측은하게 여길 테지. 이런 생각이 들자 나는 참을 수가 없었다.

맞아, 아픈 거야. 라로셸 역에 내릴 즈음 나는 실제로 아팠다. 다리가 후들거렸다. 오빠는 눈치 채지 못하는 것 같았다. 내 얼굴이 활짝 피었으며, 이렇게 건강한 모습을 보게 되어 기쁘다고까지 말했다. 나는 오빠의 칭찬을 고맙게 받아들였다. 우리는 주차장까지 한걸음에 갔다. 나는 몸의 떨림을 아주 자연스럽게 멈출 수 있었는데, 마치 오빠의 낙관적인 시선이 내 몸에 다시 어떤 의미를 부여한 듯이 느껴졌다. 흥분한 탓에 오빠 자동차 안으로 들어가다가 나는 머리를 부딪쳤다. 그것으로 시동이 걸린 셈이었다. 나는 전혀 나답지 않은 목소리로 말하기 시작했다. 청아한 음색, 평소보다 좀더 날카로운 음색의 목소리였다. 집에 도착하기도 전에 오빠는 내 방문의 이유는 아니라도 최소한 동기는 알게 되었다.

공기가 더웠다. 때 이른 더위로 보아 너무 덥지 않은 여름을 기대하기는 틀린 것 같았다. 우리는 정원에 나가 앉기로 했다. "아니, 나 목마르지 않아, 시장하지도 않고, 전혀." 위그 오빠는 유리잔 두 개와 냉수 한 병을 편도즙과 함께 내왔다. 오빠는 극진할 정도로 친절했다. 말을 아끼면서도 자상했고, 내가 용기 있는 결단을 내렸다고 거듭 칭찬하면서 최선을 다해 나를 도울 것이며, 당시의 정황을 말해주는 것은 추호도 성가신 일이 아니라고 말했다. 하지만 실제로는 전혀 그렇지 않았다. 오히려 정반대였다. 나는 오빠에게 대단히 은밀한 질문을 하는 듯한, 말하자면 페니스의 길이나 변덕스런 성적 취향에 관해 묻는 듯한 느낌을 받았다. 손위 오빠에게 이런 질문을 한다는 게 어떤 건지 알 것이다. 위그 오빠는 정원 의자에 앉은 채로 몸을 앞뒤로 흔들었다. 어렸을 때 살던 집의 주방에서도 오빠는 의자에만 앉으면 몸을 흔들곤 했다. 그 주방엔 천장 높이에 널린 빨래가 아래로 죽 늘어져 있고 병아리처럼 노란색의 포마이카 가구들이 있었다. 엄마는 몸을 흔든다고 오빠를 자주 나무랐지만, 오빠는 아랑곳도 하지 않았다. 잠시 멈추는가 싶다가도 엄마가 돌아서기 무섭게 다시 몸을 흔들어댔다. 엄마는 주방의 타일바닥과 머리 골절과 병원을 들먹였고, 또 의자를 그렇게 함부로 다루다가 의자다리가 망가지면 우리는 접시를 들고 서서 밥을 먹어야 한다고 설명했다. 내게는 그 말이 심각하게 들렸고, 그래서 오빠가 의자에

31

앉아 몸을 흔들 때마다 나는 목이 메곤 했다. 엄마는 거의 언성을 높이지 않았고, 어깨를 으쓱하는 일조차 없었다. 그렇다고 패배를 인정하지도 않았다. 지치지 않고 한 말을 되풀이하고, 차근차근 설명하고, 이해시키려고 애썼다. 이 기억을 상기시키려 했지만 오빠의 정신은 이미 딴 데 팔려 있었다. 내가 반추하는 그런 기억 따위는 희미하게 들리고 엉뚱하게 여겨지는 세계에 가 있었다. 오빠가 옳다. 오빠가 지금 당장 말하지 않는다면, 앞으로도 절대 말하지 않을 테고, 우리는 말에 의해 단절된 채 고통 속에 있게 되리라.

그런데 위그 오빠가 무슨 말을 했더라? 내게 알려줄 만한 무슨 사실을 알고 있었나?

우선 실망스러웠다. 처음 만나는 펜팔이 페리호에서 내리는 모습을 볼 때의 심정과도 흡사했다. 숫자며 고유명사를 열심히 받아 적으면서, 나는 그토록 오랜 세월을 기다린 것이 고작 이런 단순한(내 생각으론 '하찮다'는 느낌이 들었고, 그 점이 아쉬웠다) 정보를 얻기 위해서였는지 자문하지 않을 수 없었다. 1962년 가을, 위그 오빠는 파리에서 육십 킬로미터 떨어진—파리 북역에서 기차로 한 시간 거리인—기숙사에서 살고 있었다. 중학교 2학년에 올라갔고, 이제 막 열네 살이 된 때였다. 어느 날 아침, 아마도 월요일 아침이었던 듯싶긴 한데, 그 당시 달력을 봐야 확실히 알겠다고 오빠가 신중을 기하면서 말했다. 담임선생님의 호출을 받고 교무실에 갔더니 방금 자동차 사고로 아버지가 돌아가셨다는 소식을 동정 어린 목소리로 알려주었다고 했다. 오빠는 자신에게 무슨 일이 닥쳤는지 미처 깨닫기도 전에 고개부터 끄덕였다. 심각한 질문 하나가 떠올랐고, 그것이 사고 자체보다 훨씬 더 두려웠기 때문이었다.

"무슨 질문이냐고?" 오빠는 잠시 말이 없었다. 사십 년이나 지난 지금도 그 말을 하기가 몹시 힘든 것 같았다. 오빠는 물을 한 모금 마셨다. 목구멍에 가득 찬 물이 목구멍을 통과하느라고 목젖이 오르락내리락했다. 눈꺼풀을 들어올리자 내 시선과 오빠의 시선이 마주쳤다. 오빠는 즉시 눈을 내리깔았다. 한쪽 눈썹에 티끌 같은 것이 붙어 있었다.

"질문이 뭐였냐 하면"이라고 말을 잇더니, 오빠는 세 마디로 이렇게 요약했다. "어느 아버지가 죽었지?"

그렇다. 사고를 당해 죽은 사람이 대체 누구일까, 오빠 친아버지일까, 의붓아버지일까? 엄마는 학교에 전화를 걸어 담임선생님께 그냥 '내 남편'이라 말했을 게 틀림없고, 성직자인 선생님은 엄마의 첫번째 결혼 사실을 알지 못했으므로 당연히 이혼 사실도 몰랐을 테니 자신이 들은 대로 소식을 전했을 따름이리라.

오빠는 가족사를 이야기하지 않고는 학교로부터 어떤 대답도 기대할 수 없다는 것을 알아차렸다. 하지만 그 이야기를 하는 건 죽기보다 싫은 일이었으므로 기다릴 수밖에 도리가 없었고, 슬픔에는 이미 익숙해진 터였다. 적어도 당분간은 선생님들도 그의 넋 나간 태도를 나무라지 않을 것이고, 그런 너그러움이 고통을 위로해줄 것이었다. 선생님들은 의미를 가득 실어 그의 등을 툭툭 칠 것이고, 점수도 실제보다 약간 후하게 주게 되리라. 오빠가 학급의 열등생이기는커녕 지나칠 정도로 늘 신중하고 바람막이 같은 커다란 체구 속에 자신을 숨기는 속 깊은 학생이었지만 말이다.

기숙사가 지척이었는데도 위그 오빠는 주말마다 파리에 오지는 않았다. 이 사고에 관해 오빠는 엄마와 통화를 한 기억조차 없었다. 믿을 수 없지만, 돌이켜 생각해보니, 매일매일이 침묵의 연속이었다. 죽은 사람이 누구인지 모르는 채로 하루하루가 흘러갔다. 죄의식으로 수없는 밤을 지새우는 심정이 어떠했을지 짐작할 수 있으리라. 어떤 아버지를 죽이고, 어떤 아버지를 살려야 하나? 브리지트라는 독일인 여자친구가 그 다음 일요일에 오빠를 보러 왔다. 오빠의 기분을 풀어줄 셈으로 브리지트는 오빠를 소형 자동차 경기—사치였다—에 데려갔다. 오빠는 그녀와 이야기하던 중에 죽은 사람이 의붓아버지임을 추론해냈다.

그래서 오빠는 마음이 놓였을까? 내가 오빠라면 그랬을 것 같다. 나는 오빠가 비극을 통보받고 나서 파리에 처음 온 게 언제냐고 물었다. 오빠는 생각에 잠겼다. 아무렇게나 대답하고 싶지 않은 것 같았고, 이 모든 기억이 상당히 희미한 듯싶었다. 오빠는 다시 물을 따랐다. 컵을 천천히 입으로 가져가더니 마시지도 않고 도로 내려놓았다. 그래, 오빠는 파리로 돌아왔지…… 오빠는 로제 니미에 앞으로 배달되던 주간지 『자동차 신문』 한 부가 눈에 선하다고 했다. 혹시라도 우리가 아버지에 대한 기사를 볼까봐 엄마가 오빠에게 가방 속에 감추라고 부탁했던 신문이었다. 오빠는 끝없이 계속되던 통화를 기억했다. 전화가 걸려온 것은 아마 일요일 아침이었을 것이다. 내용은 의붓아버지가 남긴 빚과 삼 년이나 밀린 회비, 그리고 연체된 보험료의 가산세에 대한 것이었다. 게다가 카센터에 지불할 사고 차량 견인대금도 있었다. 이 모든 걸 엄마가 떠맡아야 한단 말인가? 오빠는 또한 마르탱 오빠가 식탁에 앉아 질질 짜던 일—위그 오빠 말에 의하면 마르탱 오빠는 그때서야 아빠의 사망소식을 알게 되었다—을 기억하고 있었다. '질질 짜다', 그것이 오빠의 표현이었다. 그날 앙트레는 호박스프였다. 오빠는 그런 자질구레한 것들, 즉 스프와 스프 냄새 따위는 기억했지만 나에 관해서는 아무런 기억도 없었다. 이야기에서 나란 존재는 전혀 거론되지 않았다. 나에 관해선 지극히 하찮은 기억조차 없는 오빠가 서운하게 느껴졌다. 나는 그래도 어린 계집애였던 나에 관해 뭔가 말해주기를 바라고 있었다. 하지만 오빠에게 어린 여동생은 투명인간 같은 존재였다. 어린 여동생과 놀아준 적도 없고, 여동생이 가진 인형들의 이름도 몰랐다. 그 당시 내가 제일 좋아하던 인형의 이름은 코라였다. 아주 여성스러운 인형이었다. 프랑수아란 인형도 있었는데, 밝은 장밋빛 플라스틱으로 만든 남자인형이었다. 수영복 차림이어서 내가 실크 스카프를 둘러주곤 했던 인형으로 성기도 배꼽도 없었다. 오빠는 의붓아버지의 장례식에 참석하지 않았다고 했다. 아무도 장례식 이야기를 해주지 않은 탓에, 로제 니미에의 시신이 생브리외에 묻힌 사실조차 그 이듬해 여름이 되어서야 알게 되었다고 했다. 생케포르트리외에서 여름방학을 보내던 중이었는데, 어른들끼리 하는 대화 도중에 우연히 듣게 되었다는 것이다. 오빠의 이야기는 여기서 끝났다.

아버지의 장례식이 치러질 때 나는 사망 사실조차 모르고 있
었다. 며칠이 지나서, 일주일이 지나서, 혹은 훨씬 더 후에야 비
로소 그 사실을 알게 되었다. 사고 바로 다음날 엄마는 우리를
당신 아버지께 맡겼다. 외할아버지는 노르망디에 살고 계셨다.
엄마는 우리를 잠시 제쳐놓을 셈으로 우리를 애지중지하는 보호
자에게 맡겼던 것이다. 엄마는 『파리마치』에 난 사진들을 보고
부들부들 몸을 떨었다. 물론 엄마의 허락도 없이 게재한 사진들
로서, 병원에 안치된 두 시신의 모습이 신문 지면을 가득 메우고
있었다. 혹시라도 신문에 실린 사진들을 우리가 보게 되지 않을
까? 누군가가 우리에게 그 말을 하게 되지 않을까? 나는 이런
상상을 해본다. 나는 할아버지를 따라 읍내로 장을 보러 가던 중

에 신문판매대 앞을 지나게 된다. 그리고 광고 게시판에 큰 활자로 찍힌 아빠의 이름을 알아본다. 아빠가 신간을 출간했기 때문이 아니다. 천만에, 아빠의 사망소식이 장안의 화젯거리가 되었기 때문이다. 할아버지는 우리를 잡아끌면서 캐러멜이나 아이스크림을 미끼로 구슬리려 하신다. 나는 선뜻 따라나설 참인데, 오빠가 영 말을 안 듣고 꼼짝도 않고 버틴다. 마르탱 오빠는 글을 읽을 줄 안다. 할아버지가 언성을 높이며 오빠의 팔을 잡아끌지만 오빠는 막무가내로 고집을 부리며 악을 쓴다. 창문 유리에 이웃사람들의 얼굴이 나타난다. 나는 그곳, 광고 게시판 앞에 못 박힌 듯 서서 의미를 가늠해보려고 애를 쓴다. 우리 아빠 옆에 있는 젊은 여자는 누구지? 왜 두 사람 다 눈을 감았을까? 그런데 이 자동차는, 세상에, 이 자동차는⋯⋯

나는 그곳에서 사라진다. 모두들 마르탱 오빠가 버티고 서서 벌이는 소동에 정신이 팔려 내가 없어진 것에는 아무도 신경 쓰지 않는다. 나는 그딴 것들, 악쓰며 우는 소리와 수치심에서 벗어나고만 싶다. 광고 게시판과 우리 오빠를 바라보는 사람들의 시선에서 도망치고 싶다. 왜냐하면 여기 사람들은 모두 우리가 누구인지 알기 때문이다. 긴 머리의 여자가 우리 엄마가 아닌 것도 잘 안다. 나는 어딘가로 숨으러 간다. 성당 뒷골목에 가면 오른쪽 모퉁이에 울타리가 있는데, 그곳에 숨으면 아무도 나를 찾지 못할 것이다.

하지만 천만의 말씀이다. 일은 어린애들인 우리에게 이런 식으로 진행되지 않았다.

훨씬 더 조용히, 더운 물에 빨아 줄어버린 순모 스웨터처럼 훨씬 더 축소되고, 숨이 막힐 듯 억눌린 상태로 진행되었다. 아빠의 사망소식을 들은 것은 우리가 방에 있을 때였다. 물론 파리의 집에서였다. 우리는 창가에 있고, 커튼은 반만 쳐져 있다. 엄마가 구사했던 문장들이 또렷이 기억난다. 엄마는 그 문장들을 머릿속에서 고치고 또 고치면서 수없이 반복했으리라. 대여섯 살짜리 어린 자식들에게 아빠의 죽음을 어떻게 전하면 좋을까, 이 질문을 나는 나에게 한다. "너라면 어떻게 말하겠니?"

"아빠가 자동차 사고를 당하셨어. 사람들이 병원으로 옮겼지만, 아빠는 그만 떠나시고 말았단다."

엄마는 손에 쥔 손수건을 꽉 움켜쥐었다. 어째서 엄마가 무슨 특종기사라도 되듯 그 말을 하는 건지 나는 금방 납득이 가지 않았다. 우리 아빠는 벌써 오래전에 떠났지 않은가? 우린 이미 아빠의 부재에 익숙해진 터였다. 그런데 마르탱 오빠가 울음을 터뜨렸다. 그제야 겨우 나는 그것이 '영원한 떠남'을 의미한다는 사실을 알아차렸다. 그래, 그렇게 말할 수도 있었다. 아빠가 삶을 바꾼 거니까. 아빠는 머나먼 다른 나라로 떠나버린 것이다.

엄마가 오빠를 달래고 있는데, 길에서 지나가는 구급차의 사이렌 소리가 들렸다. 나는 화장실에 가고 싶었다. 일어서려는 순간 갑자기 발밑에서 바닥이 꺼지는 것처럼 느껴졌다. 이상한 나라의 앨리스가 토끼굴로 떨어져내리듯 나도 구멍 속으로 한없이 떨어져내릴 것만 같았다. 이런 기분이 좋은 건지, 나쁜 건지, 무서워해야 할지, 그냥 미끄러져 들어갈지 알 수가 없었다. 그저 공중에 붕 떠 있는 느낌이 들었고, 특히 두 팔이 가볍게, 아주 가볍게 느껴졌다. 만일 두 다리가 나를 밑으로 끌어내린다 해도, 나를 부르는 어떤 손이 내 윗몸을 붙잡아 하늘로 들어올릴 것만 같았다. 내 폐는 활짝 열리고 목덜미가 길게 늘어났다. 나는 이제 누구에게나 아기 취급을 받던 몸무게깨나 나가는 어린 계집애가 아니라, 어린애를 조숙하게 만드는 사연을 지닌 어른이 되었다. 그랬다, 나는 사태의 심각성에 압도되었고, 그로 인해 성숙해진 느낌이었다. 이런 느낌을 말로 표현하지 못했겠지만, 당연히 못했을 테지만, 그래도 비상과도 흡사하던 추락의 강렬한 느낌, 그로 인해 내 뱃속에서 일어났던 대혼란의 느낌을 나는 아직도 지니고 있다. 차츰 내 몸이 원상태로 돌아왔다. 나는 새로운 시선으로 우리 방의 커튼을 바라보았다. 커튼 밑단이 그렇게 넓은지 눈여겨본 적이 한 번도 없었다. 마치 세월이 흐를수록 창문이 점점 커져서 더 많은 빛이 들어오게 될 때를 대비하듯이 그렇게 밑단이 넓었다. 침대가 흐트러졌고, 침대에서 흘러내린 시트가 푸른색 리놀륨(아니, 리놀륨이 아닌데, 엄마가 뭐라 그러셨더라? 발라툼인가?) 바닥까지 내려와 있던 기억이 난다. 시트가 더러워지겠구나, 얼른 매트 밑으로 접어넣고, 장난감 동물들도 제자리에 정돈하고, 잠옷은 개키고, 아무튼 우리 방을 정돈해야 된다는 생각을 했던 기억이 난다. 나는 두 손으로 엄마의 머리를 잡아 내 쪽으로 돌렸다. 나는 엄마가 침대를 정리하는 것을 돕고 싶었고, 엄마에게 우리 셋이 함께 있다고, 그러니 좋지 않느냐는 말을 하고 싶었다. 내 미소는 딱딱하게 굳어졌다. 엄마의 예쁜 얼굴에서 눈물이 줄줄 흘러내리고 있었다.

그래서 나는 엄마의 슬픔 때문에 울었다. 엄마의 갈라진 목소리 때문에 울었다. 엄마가 나를 품안에 끌어안았고, 나는 다시 어린, 아주 어린 계집애로 돌아갔고, 그리고, 그 순간 이후로는 전혀 아무런 기억도 나지 않는다.

처음 몇 장(章)을 쓰고 나서 여러 달이 흘렀다. 몇 달간 일을 한 다음 아이들과 며칠간 휴가를 보냈다. 노르망디로 돌아와서 운전면허 시험에 또 떨어졌다. 벌써 두번째다. 병원 근처의 동일한 신호등의 파란 신호에서 나는 세 번이나 시동을 꺼뜨렸다. 차가 많았다. 그러니까 내 말은 작은 지방 도시치곤 차가 많았다는 것이다. 누군가 경적을 울렸고, 그러자 시험감독관의 기분이 몹시 언짢아졌다. 감독관 자신한테 감정이 있어 경적을 울렸다고 생각하는 것 같았다. 그렇다면 자신의 평판이 도마 위에 오른 셈이니까 말이다. 그는 잔뜩 화가 나서 주위를 둘러보았다. 처음에는 양쪽 귀가 빨개지더니 이내 목까지 시뻘개졌고, 그가 시뻘건 불로 변한 그 순간 나는 마침내 시동을 다시 거는 데 성공했다.

그러자 치아 사이로 바람 새는 소리가 나면서 감독관의 기세가
꺾였다. 나는 깊이 숨을 들이마셨다. 신호가 녹색등으로 바뀌었
다. 마지막 행인들까지 길을 건넜다. 엔진에서 툴툴거리는 소리
가 좀 났지만 시동은 꺼지지 않았다. 비가 내리는 탓에 내 구두
는 젖어 있었고, 가속페달을 밟을 때마다 구두 밑창에서 질척이
는 소리가 났다. 와이퍼도 삐걱삐걱 소리를 냈다. 내 생각에 와
이퍼의 작동이 약간 빠른 듯싶었는데, 속도를 조절하려면 손잡
이를 어느 쪽으로 돌리는지 기억이 나지 않았다.

"아가씨, 자동 세차장을 지나자마자 바로 차를 세워요."

나는 아가씨란 말이 달갑지 않다. 내가 지나치게 예민하게 구
는 걸까? 그 말을 칭찬으로 여겨야 할까? 내가 이미 깜빡이를
켠 상태에서 느닷없이 스쿠터 한 대가 우측에서 끼어들었다. 감
독관이 급브레이크를 콱 밟았다.

"좋아요." 감독관이 한숨을 내쉬었다. "이중 주차 하세요. 종
렬 주차는 그만두죠. 곧 다음 운전자가 타야 하니까요."

우리의 대화는 거기서 끝났다. 스쿠터는 이미 멀리 사라졌다.
운행시간은 11분 34초였다. 집에 돌아오자마자 나는 용기를 내
어 마르탱 오빠에게 아버지의 죽음에 관한 자초지종을 알려달라
고 메시지를 썼다.

오빠에게서 즉시 답신이 왔다. 화면에 나타난 것은 말이 아니

라 고통이었다. 마르탱 오빠는 자신의 과거를 처음으로 내게 활짝 열어보였다. 이 년 전에 내가 메일로 우리 부모가 벌이던 심한 언쟁에 관해 몇 가지 질문을 한 적이 있는데, 오빠는 답장을 보내지 않았다. 내 메일조차 열어보지 않았다. 오늘 오빠가 보내온 답신에 의해 내 기억들이 옳았음이 확인되었다. 오빠 역시 아버지의 사망소식을 듣지 못했으며, 알려고조차 하지 않았다. 학기 초가 되면 으레 학교에서 나눠주는 가정조사서의 '아버지 직업' 란에 우리는 습관처럼 늘 '데세데(Décédé, 사망)'라고 써넣곤 했다. '데세데(D c'est D, D는 D이다)', 그것은 맹목적 외관 뒤로 너무나 많은 질문을 은폐한 등식이다. 오빠의 메시지에 의하면, 엄마는 아버지가 부상을 당해 위독하다는 말을 하고 나서 울음을 터뜨렸다는 것이다. 그 말을 듣자 확신 없는 가정일망정 막연히 위로가 되는 어떤 생각, 즉 아빠가 어딘가로 잠적했다는 생각이 들더라는 것이다. 마치 실종된 것이 능수능란한 속임수였다는 듯이 아버지는 어느 날 불쑥 다시 모습을 나타낼 것이다. 그리고 우리를 멋진 저녁식사에 데려갈 것이고, 당신의 맏아들을 자랑스럽게 바라보실 것이다.

마르탱 오빠는 마취 및 소생술 전문의이다. 이 일은 오빠가 이십 년 전부터 해온 것으로 사람들을 잠재우고 깨우는 일이다. 오빠는 응급실에서 장기간 근무했다. 용기가 필요한 일이기도 하지만, 오빠처럼 내심으로 언제나 자기 아빠의 귀환을 바라는 사람에겐 특권이기도 하다. 우리의 이야기 속에는 도로변이나 흩어진 침대 옆에 그대로 굳어버린 무엇이 있다. 오빠는 밤이 되기를 기다려서 야근을 한다. 그는 예의 주시한다. 의식 없는 몸뚱이 하나가 들것에 실려 온다. 한 손은 들것 밖으로 축 늘어지고 얼굴은 온통 피투성이다. 하지만 가벼운, 아니 단지 겉에만 난 상처일 수도 있겠지? 짧은 갈색 머리를 뒤로 착 붙인 남자의 심장이 더이상 반응하지 않는다. 생명이 돌아오려면 기적이 일어나야 하리라.

기적이라, 너무 바라는 것 아닐까?

마르탱 오빠는 기적을 믿으므로 포기란 있을 수 없다. 오빠는 진즉부터 기적을 믿었기 때문에 노르망디의 이층 방에서 온 세상으로 구원요청을 보냈다. 오빠는 아마추어 전신 송수신기를 직접 설치했다. 지붕 위에 안테나들이 줄지어 세워졌다. 기계를 다루는 오빠의 솜씨와 끈기와 집착에 나는 감탄을 금치 못했다. 복도를 지나가노라면 이런 목소리가 들려왔다.

"여보세요, 치치치, 여기는 파파 찰리, 치이치이, 당신 말이 완벽하게 들려요, 치치치, 당신에게……"

요즘도 오빠는 퇴근해서 집에 오면 인터넷 검색을 계속한다.

비록 작업도구는 변했지만 오빠의 갈망만은 예전 그대로다. 모니터 앞에서 몇 시간씩 보내곤 하는 오빠는 사이트도 여러 개 만들었다. 그중 하나가 구두에 관한 것이다. 그 사이트에 오빠는 개인 소장품들을 전시하고, 아름다운 구두에 관한 온갖 종류의 유익하고 기상천외한 정보들도 올려놓았다. 구두 손질에 필수적인 수많은 조언과 구두 액세서리 목록도 나와 있다. 가령, 구두 대다리*용 작은 솔, 말총으로 만든 큰 솔과 헝겊, 헝겊은 이왕이면 구두약을 너무 흡수하지도 구두표면에 손상을 주지도 않는 낡은 시트나 해진 와이셔츠가 좋음.

약간 밑에 오빠는 이렇게 토를 달아 놓았다. 크림은 가죽에 영양을 준다, 죽은 동물의 세포조직에도 영양이 공급된다면.

그 다음날 오빠는 다시 병원에 출근한다. 우리 사이에 놓인 소통의 어려움에도 불구하고 나는 오빠에게 친밀감을 느낀다. 우리 두 사람은 비록 형태는 다르지만 같은 직업에 종사한다는 생각이 든다. 오빠의 책무가 훨씬 더 막중하지만, 우리에게 활력을 주는 믿음만은 동일하다. 어느 날 저녁, 최면 상태에 관해 쓴 소설의 제1장을 교정하다가 나는 문득 이 사실을 깨달았고, 그후로 이 직감은 한 번도 사라진 적이 없다. 잠을 깨우기 위한 글쓰

---

* 구두창에 갑피를 맞대어 꿰매는 가죽 테를 가리킨다.

기, 잠을 재우기 위한 글쓰기, 두 눈을 감고 글쓰기, 이 문장들은 내가 작업에 대한 질문을 받을 때마다 자주 답변으로 등장한다. 오빠가 이 글을 읽는다면 어떤 반응을 보일지 모르겠지만, 내게는 이것이 '유령 아버지'의 이중적 본성을 견디며 살아가는 유일한 방법이라 여겨진다. 아버지는 있되 진짜로 여기 존재하지 않으며, 아버지는 우리 곁을 떠났지만 진짜로 부재하지도 않는다. 친구분들은 아버지를 '예외적인 존재'라고 부른다. 자신들이 사랑했던 이 남자에 대해 말하는 그들의 시선에서 내가 읽는 것은 슬픔이 아니라 빛이다.

나도 언젠가 이 빛을 나눠가질 수 있을지 혼자 생각에 잠긴다.

마을 성당 근처의 울타리가 다시 생각난다. 사고 이후에 우리를 맡아 돌보시던 외할아버지의 얼굴도 새삼 떠오른다. 할아버지는 나를 '돼지'라 부르셨고, 모두가 당연시했다. 그리 나쁜 별명은 아니었다. 외양간엔 '흰둥이'가 있고, 집 뒤편의 텃밭에는 '뮈제트'와 '세리외즈'란 놈들이 있었다. 나는 언제나 그 암소들을 무척 좋아했다. 암소에게서 나는 냄새는 정말 좋았다. 암소들이 어떻게 해서 풀을 우유로, 초록색을 흰색으로 바꿔놓는지, 그리고 하루를 자신들의 평온한 영역으로 바꿔놓고 전혀 심심해하지도 않는지 의아하기만 했다.

수업을 마친 아이들이 돌아올 때까지 한 시간도 채 남지 않았다. 기다리는 동안 메모를 다시 훑어보다가 나는 미셸 데옹이 아버지에 대해 언급한 구절을 발견한다. 사고 발생 일 년 후에 쓴 글이다. "아마도 우리는 이제 그의 죽음을 믿기 시작해도 좋으리라."

좀더 읽어내려가면, 이렇게 쓰여 있다. "아무튼 이제는 인정해야만 한다. 그토록 오랜 부재는 이미 돌이킬 수 없는 것이므로."

나는 마지막 문장에 밑줄을 긋는다. 마르탱 오빠에게 보내주고도 싶지만 어쩐지 마음이 썩 내키지 않는다. 상처를 줄까봐 두려워서.

내가 열 살이 되던 해 겨울이었다. 우연히 아버지의 유언장을 복사한 누렇게 바랜 종이를 보게 되었다. 종이 한 면에 타자기로 친 텍스트였다. 의심의 여지가 없었다. 서명자는 자신의 책 대부분과 무기 수집품을 친구들에게 준다고 했다. 자동차는, 유언장을 작성할 당시에 아빠가 빨간색이라고 명시한 그 차는, 지금 내 머릿속에 이름이 떠오르지 않는 어떤 여자에게 물려준다고 했다. 당신의 아들인 마르탱에게는 알렉상드르 뒤마 전집과 열일곱 권짜리 19세기 라루스 사전, 그리고 당신의 작품과 관련된 지적 재산권―물론 권리를 행사할 수 있는 연령이 되면―을 물려준다고 쓰여 있었다. 그럼 나는, 제기랄!

나는 그 종이를 꾸겨서, 아주 꼬깃꼬깃 구겨서 벽난로에 던져

넣었다. 공처럼 뭉쳐진 종이는 잘 타지도 않았다. 그것을 집게로 밀어 잉걸불 위로 올렸다. 왜 내게는 아무것도, 어떤 물건도, 어떤 책임도 남기지 않았을까? 도저히 그럴 리가 없으며, 무슨 착오가 있는 게 틀림없고, 내가 모르는 뭔가가 있을 것만 같았다. 불 속에 장작을 한 개 더 집어넣었다. 작은 고리바구니도 넣었다. 그러고도 종이를 더 넣었다. 나무가 완전히 마르지 않은 탓에 작은 불똥이 탁탁 튀었다. 침이 튀는 것과 흡사했다. 그런데 만일 내가 로제 니미에의 딸이 아니라면? 혹시라도 내가, 나는 모르지만, 『레키프』지(誌) 일면을 장식한 날아오르는 모습의 장대높이뛰기 챔피언의 딸이라면? 그렇다면 죄다 설명이 가능해진다. 납득할 수 없는 유언장과 집에서 벌어졌던 언쟁까지도. 챔피언 사진은 잡지에서 뜯겨 수건을 넣어두는 벽장 문에 붙어 있었는데, 그것이 왜 거기 붙어 있는지 나는 늘 궁금했다. 헌정된 사진이라 서명이 있었고, 거의 아이들 필체마냥 둥글게 굴려 쓴 이름 철자의 'i' 위에 점 대신 하트가 찍혀 있었다.

　장대높이뛰기 선수, 내가 그 사람의 딸이라면 어떨까? 살아 있다는 사실만으로도 그가 다른 아버지에 비해 명백하게 우월하다는 것은 의심의 여지가 없다. 그러자 잇따라 의문이 생겼다. 그런 아버지가 죽으면 무엇을 상속받게 될지 생각해보았다. 운동화? 장대? 장대를 받으면 어디에 보관한다지? 천장까지의 높이가 육 미터는 족히 되는 아파트에 살아야 하지 않을까? 그런 물건은 해체가 가능한지, 신축적인지, 운반은 어떻게 해야 하는 지, 비행기 안에서는?

그 생각은 방학이 끝나도록 줄곧 내 머릿속에서 떠나지 않았다. 아버지의 유언장을 태워버린 일도 후회되었다. 엄마가 찾다가 허탕을 치게 될까봐 겁이 났다. 엄마에게 거짓말을 꾸며댈 일도 두려웠다.

개학이 되자, 명백한 사실을 인정할 수밖에 없었다. 다시 몸을 바꾸고 계층도 바꿔야 했다. 장대에서 만년필로, 유리섬유에서 강철펜으로 돌아가야 했다. 우리 아버지는 정상급의 운동선수가 아니라, 누구라도 사전만 들춰보면 알 수 있는 요절한 작가이기 때문이었다. 부녀지간이란 사실은 두 사람의 사진을 나란히 놓고 보기만 해도 알 수 있다. 우리는 같은 성(姓), 꼭 닮은 이마, 그리고 동일한 고통을 지니고 있다. 열 살의 나이에도 분명히 고통을 인지하고 감당할 수 있는 법이다. 아버지를 알던 이들은 나라는 젊은 여자에게서 로제 니미에의 모습을 발견하곤 언제나 상당히 호기심어린 눈길로 나를 바라본다. 심지어 손놀림조차 닮았다고 인정한다. 여성판 니미에, 그것은 미간행 작품이었으므로, 그들은 그 가능성을 상상조차 못 했으리라. 게다가 나 역시 열 살 때는 그네들의 존재를 알지 못했다. 우리집에 온 적이 전혀 없었으니까. 내가 그들 중 몇몇 사람과 얼굴을 맞닥뜨리게 된 것도 첫번째 소설이 출간된 이후였고, 그때는 이미 아버지 영역의 핵심부를 형성하던 그네들의 이름이 주위에서 점차 뜨막하게 들려올 즈음이었다. 수수께끼 같은 영역과 거기서 깃발처럼 펄럭이던 역시 수수께끼 같은 '경기병'이라는 명칭—이 용어에 관해서는 다시 언급하겠다—은 내게는 마치 다른 세기에 속하는 것으로 여겨졌다. 장대높이뛰기 선수에게 쉽사리 내 꿈을 투사했던 까닭도 아마 아버지 친구분들의 부재 때문이리라. 그해 겨울방학을 생각하면 행복한 기억이 하나 떠오른다. 나는 유례가 없을 정도로 벽난로에 집착했다. 다른 아이들이 밖에 나가 돌아다니는 동안에도 나는 거기, 불 앞에 앉아서 꿈을 꾸었다. 나를 위해 내가 선택한 아버지의 존재도 그렇게 해서 생겨났다. 공중에 던져진 육체, 균형 있게 발달된 운동선수의 육체, 손바닥만한 운동복으로 가린 힘센 상반신. 핏줄이 도드라진 곡예사의 육체, 가느다란 발목 위로 최대한 잡아당겨 신은 흰 양말, 위태로운 자세에 따르게 마련인 온갖 책임에서 벗어나 그지없이 태평스런 양말. 그 점에 관한 한 문제될 것도 흠잡을 것도 외관상 아무런 결함도 없다. 하지만 장대높이뛰기 선수의 아킬레스건은, 흔히 사진을 보며 생각하듯이, 양 어깨나 등이 아니라 바로 발뒤꿈치이다. 혹은 힘줄일지도 모른다. 달리다가 발로 땅을 박차며

뛰어오르는 순간, 즉 선수가 완충지대에 이르러 갑자기 질주를 멈추고 장대를 꽂는 순간, 발뒤꿈치든가 힘줄이든가, 아마도 발 뒤꿈치의 힘줄일 것인데, 그것이 수백 킬로그램의 무게를 감당해야 한다("네가 계산해봐"라고 말하며 오빠가 설명한 바로는 그것은 $E=mc^2$이란 공식으로 요약된다. 충돌하는 물체를 보면 이해가 되리라고 하면서, 그것은 마치 벽을 향해 곧장 뛰어가서 벽에 부딪칠 때 자신의 코에 느껴지는 저항을 시험해보는 것과도 같다고 했다).

오빠의 설명을 제대로 옮겼는지 확신은 없지만, 다음 사실에는 변함이 없다. 즉 다리에 힘이 실리자 힘줄들이 찢어지고 작은 뼈들에 금이 간다. 그렇게 해서 챔피언의 경력은 불시에 끝장난다.

작가이다. 아버지에게 편지를 쓸 당시 자신이 앞으로도 책을 쓸 수 있을지 전전긍긍하던 작가이다. 그런 사람이 로제 니미에에게 10년의 징역형을 권했다고 '당당하게'는 아닐 망정 '집요하게' 설명한다. '징역', 그것은 샤르돈이 고른 단어이다. 그리하여 또 하나의 다른 니미에가 태어나리라고 그는 덧붙여 말한다. 문필 생활은 대단히 길다. 그러므로 작가는 죽었다가 다시 부활할 필요가 있다고.

자크 샤르돈이 틀렸던 것일까? 우리 아버진 죽었다. 그리고 내가 아는 바로는 부활하지 못했다.

오늘 아침에 사촌이 더쉬엘 해미트*에 관한 장문의 기사를 보내왔다. 해미트는 미국 범죄소설의 시조이며 『붉은 추수』와 유명한 『말타의 매』**의 저자이기도 하다. 사촌은 그 기사를 읽다가 내 생각이 났고, 내가 진행중인 작업이 떠올랐다고 했다.

나는 더쉬엘 해미트에게 딸이 둘 있었다는 사실을 알게 되었다. 메리와 조세핀이다. 해미트는 편지에서 자기 딸들을 '나의 작은이' '나의 공주님' '나의 멧도요새'라고 부른다. 나는 아빠가 나를 부를 때 사용하던 애정 어린 말들을 기억해보려 했다. 비견될 만한 애칭은 분명 없었다. 나는 아빠에게 '침묵의 여왕'

---

* Dashiell Hammett(1894~1961) : 미국의 소설가, 시나리오 작가.
** 1931, 36, 41년 세 차례에 걸쳐 영화로 만들어지기도 한 해미트의 대표작.

이었다. 오, 얼마나 시적인 별명인가. 하지만 그것은 내 입 안에 고약한 맛, 즉 쇠와 피의 맛을 남기게 되었다. 호적상의 이름이 마리 앙투아네트인 나는 아빠에게 과연 어떤 여왕일 수 있을까? 침묵하는 여왕, 단두대에서 머리가 잘리는 여왕……

　기사의 다음 부분에 기이하게도 로제 니미에의 인생 역정에 대한 언급이 있었다. 더쉬엘 해미트는 채 마흔 살도 안 되었을 뿐 아니라 문학 활동이 한창일 때 글쓰기를 포기한다. 그후에 그는 대체 무엇을 했을까? 어떤 직업을 가졌을까? 본명이 새뮤얼 해미트인 그는 부친의 사망으로 인해 학업을 중단하지 않을 수 없었다. 그의 나이 열네 살 때였다. 우리 아버지는 할아버지가 병으로 사망했을 때 몇 살이었더라? 열네 살, 아마 그럴걸? 확인해봐야지. 다시 계산을 해봐야겠다. 아버지에 관해 정확하게 이야기해야 할 때마다 나는 늘 순간적으로 의구심에 사로잡힌다. 가령 아버지의 출생일자, 사고일자, 혹은 저서가 몇 권인지 따위가 그렇다. 숫자는 내가 지니고 있는 아버지의 이미지에 부합되지 않는다. 아버지의 이미지는 마치 포마드가 묻어 있는 거울에 비친 모습처럼 흐릿하기 때문이다. 가물가물한 아버지의 모습 위로 나타나는 것은 얼굴에 대한 막연한 생각에 지나지 않는다. 다른 사람들의 말로 윤곽이 그려진 얼굴. 내가 아는 얼굴, 하지만 보이지 않는 얼굴, 나는 도저히 볼 수 없는 얼굴.

사람들이 무슨 말을 했느냐고? 뿌루퉁해서 앞으로 내민 아랫입술, 슬며시 바라보는 시선, 다양하게 변하는 녹색 눈, 챙이 달린 이상한 모자들, 고르지 못한 치아, 또 뭐라고 했더라?

한 번도 본 적이 없는 할아버지 폴 니미에를 마음속에 그려보는 편이 내게는 훨씬 더 쉬운 일이다. 할아버지 사진은 두 장밖에 보지 못했지만, 두 장 모두에서 같은 펠트 모자를 쓰셨고, 숱이 많고 각이 진 짧은 콧수염이 있었다. 몸매는 마르고 약간 뻣뻣하다. 할아버지는 친절해 보인다. 층계에서 상대방을 배려해 자신이 비켜설 겸손한 분인 것 같다.

많은 작가들이 어린 시절에 자기 아버지의 죽음을 목도했다. 때 이른 상실의 경험이야말로 글쓰기와 침묵을 번갈아 제조하는 소형 기계가 아닐까? 초기에는 허전함을 메우기 위한 글쓰기, 그 다음에는 아버지의 파롤*을 훔쳐 독점한 것을 용서받기 위한 침묵, 이런 순서일까? 글이 비공개로 남아 있으면 그런대로 수습이 되겠지만, 어느 정도 유명해지면 사태가 복잡해진다. 나를 향한 세간의 관심은 부당하게 획득된 것은 아닌가? 내가 대체

---

* parole. 개인이 발화하는 언어를 가리키는 언어학 용어.

누구라서 그런 찬사를 받는가? 아버지 없는 작가들의 목록을 작성해볼 필요가 있겠다. 글에서 손을 떼고 일선에서 물러난 작가들의 목록도 함께 작성해서 둘 사이에 어떤 상관관계가 있는지 살펴봐야 하리라. 그런데 더이상 글을 쓰지 않는 사람도 여전히 작가일까?

더이상 소설을 쓰지 않는 사람도 여전히 소설가일까?

대답은 명백하다. 이 주제를 다루고 있는 책들, 문학의 포기에 관한 훌륭한 책들을 죄다 읽어본 바에 의하면, 어떤 이들은 포기를 예술 활동에서 도달할 수 있는 최고의 경지로 여기고 있다. 물론, 그는 여전히 작가이고, 독자는 그렇다고 쉽게 믿는다. 하지만 주요 당사자, 즉 흰 종이를 앞에 놓고 한 자도 쓰지 못하거나, 글쓰기를 의도적으로 밀쳐둔 사람의 경우에 이 질문은 더욱 고통스럽게 제기된다.

신학기가 되면 쏟아져나오는 신간 소설의 기나긴 목록에 제목을 하나 더 추가할 필요가 있을까? 마지막 작품을 낸 지도 어언 여러 해가 흘렀을 때 그가 자문하게 되는 말이다.

그는 열 번도 더 시작하고, 메모를 하고, 좋은 구상이 떠오르면 밤잠을 설치지만 날이 밝는 즉시 광채는 사라져버린다. 친구들은 이제 그에게 어떠냐고 감히 묻지도 못한다. 혹시라도 그의 기분을 상하게 할까봐 조심하느라 그럴 것이다. 그들은 짐짓 그의 부업에 관심을 갖는 척하다가 차츰 진짜로 관심을 기울이고 있다는 사실을 알아차린다. 신문, 잡지와 마찬가지로 영화도 문장을 다룰 줄 아는 사람을 필요로 한다. 중심이 이동되고, 그리로 세상이 휩쓸려 들어간다. 그렇게 해서 작가는 죽는다. 주문받은 텍스트들 밑에 묻혀버린다.

나는 다시 아버지와 아버지의 침묵을 생각한다. 아버지가 자크 샤르돈의 편지를 읽으며 느꼈을 혼란을 생각한다. 아버지의 죽음에 눈물을 흘려본 적이 없으므로, 나는 아버지의 침묵에 눈물을 흘린다. 어떻게 스물아홉 살의 나이에 그런 종류의 결단을 내릴 수 있단 말인가? 그럴 때 무슨 생각이 들까? 재능이 없다는 생각을 할까? 아니면 반대로 재능과 기지는 넘치지만, 모자라는 무엇이 있다고? 충분한 성공이 아니라고? 공쿠르상을 받았어야 한다고? 남들이 제대로 읽을 줄 몰라서 자신을 알아주지 않는다고? 자신에 대한 몰이해에 지쳤다고? 침묵만이 오해를 사라지게 할 유일한 방법이라고? 아버지의 전기를 쓴 작가가 강조하듯이, 문학의 위기 자체로 살아가는 작가들, 위기를 주제로 선택하여 득을 보는 그들이 이미 자리란 자리는 모조리 차지해버렸다고? 아버지가 절필을 선언한 그해에 바르트*의 『글쓰기의 영도(零度)』, 그리고 로브 그리예**의 『고무지우개』가 출간된

다. 정확한 일자는 확인해봐야 하지만 대강 그 무렵이 맞을 것이
다. 고무지우개가 나타나고 영도가 나타나는 바로 그때 우리 아
버지는 사라진다.

로제 니미에는 사라지면서 무슨 생각을 했을까? 현대성의 기
차를 놓쳤다고 느꼈을까?

아버지는 계속해서 일을 한다. 당연하지, 먹고살아야 하니까.
비평, 서문, 기사, 서평, 에세이, 그리고 시나리오도 몇 편 쓴다.
게다가 편지도 쓴다. 매일 친구들에게 수없이 많은 편지를 쓴다.
주고받은 편지의 장수만 계산해봐도 그렇게 많은 글을 쓴 적이
없을 정도이다. 아버지는 인물들을 만들어낸다. 하지만 이야기
속에 집어넣을 수 없자 아버지 당신이 직접 그 인물들을 체현한
다. 사람들은 아버지가 익살맞다고 하지만 정작 아버지 본인은
절망에 빠져 있다. 만일 주변의 누군가가 아버지에게 결정을 재
고하라고 부추겼다면, 아버지는 아마도 수락했을 터이다. 상대
방의 말에 홀딱 빠져들었을 것이다. 아버지에겐 아마도 한 명의
독자, 단 하나뿐인 독자로도 충분했을 테니까. 나라면 기꺼이 그
한 명의 독자가 되어 아버지가 소설에 대한 자신감을 회복하도

* Roland Bartes(1915~1980) : 프랑스의 문예비평가.
** Robbe Grillet(1922~) : 프랑스의 소설가, 시나리오 작가. 누보로망의 기수
이다.

록 격려의 말을 찾아냈으리라. 그것은 삶을 자명한 것으로 여기지 않는 사람들에게 취하는 일반적 형식이다. 그런데 아무도 이 역할을 납득할 만한 방식으로 수행하지 않았던 것이리라. 친구 작가들이 그에게서 작품을 기대해보지만, 그에겐 그럴 만한 능력이 없는 것 같다. 창조력 고갈, 창조성 결핍, 침체가 우려되어 친구들은 차라리 그의 의사를 존중하는 쪽으로 돌아선다. 때로 존중은 무관심 내지는 무기력과 흡사하고, 새틴 장갑은 권투장갑과 비슷하다. 니미에 '퇴장', 몸집 큰 니미에, 거추장스런 니미에. 없어지면 잘됐지, 경량급 선수들에게 자리가 생길 테니.

작년 13시 뉴스 시간에 등산가 발터 보나티*의 인터뷰가 있었다. 그는 K2 등정에서 자칫 목숨을 잃을 뻔했던 자신의 이야기를 얼마 전에 책으로 출간한 바 있다. 그는 방송에서 "성공은 결코 용서받지 못하는 것이지요"라고 했는데, 등산가의 입에서 나온 말치곤 엉뚱하게 들렸다. 나는 그 말을 어딘가에 메모해두었는데 오늘이 돼서야 무슨 말인지 이해가 된다. 우리 아버지 역시 너무 빠른 등정의 희생자였을까? 당신의 친구로 자처하는 사람들, 영감이 고갈된 거장들, 한물간 작가들, 이런 자들의 다소 의

---

* Walter Bonatti(1930~) : 이탈리아 산악인. 1963년 K2 원정에 참가했다.

식적인 질투에 질식되어 죽은 것은 아닐까? 그들은 아버지에게 이런 말을 하고 또 한다. "당신은 조산아다. 따라서 물러나 거품을 가라앉힐 필요가 있다. 거품을 뿜어내는 설익은 재주꾼들을 본받지 말아라. 펜을 옆으로 치워놓고 무르익을 때까지 기다려라." 자크 샤르돈이 벌려놓은 틈새로 아버지의 양부(養父)들*이 휩쓸려 들어간다.

남자들은 그런 말을 편지에 써 보낸다. 그렇다면 여자들, 그네들은 대체 무슨 말을 편지에 쓰는가? 여자들은 아버지 자신만은 그 말에 속지 않는다는 듯이 즐겨 인용하던 생트뵈브**의 문장을 알고 있을까? "사람은 어떤 자리에선 굳어지고, 다른 자리에선 썩을 뿐이다. 결코 원숙해지지 않는다."

그렇다, 여자들은 알고 있었고, 침묵을 깨려고 했다. 그래서 자주 로제의 말없음을 불평한다. 내 서재에는 여자들이 아버지에게 보낸 우편물이 가득 든 문서보관함이 있다. 대답이랍시고 적당히 얼버무린 말이 아닌 다른 무엇을 받아보려는 희망으로써 보낸 여자들의 편지에는 그 당시 아버지의 모습인 우스꽝스런 젊은이의 초상이 그려져 있다. 그 편지들을 나는 몇 달 전에야 처음으로 짜증스럽게 서두르며 대강 훑어보았다. 실제로 무

---

* 경기병파의 작가들을 가리키는 것으로 보인다.
** Sainte-Beuve(1804~1869) : 프랑스의 시인, 소설가, 비평가, 문학사가.

슨 말이 쓰여 있는지도 모르는 채로 말이다. 이 문서함은 오랫동안 갈리마르 출판사의 지하실에 보관되어 있었다. 그러다 나중에 오빠네 집으로 옮겨져 침대 밑에 자리를 잡게 되었다. 그러니 정말 웃기는 동반자가 된 것이다. 사랑과 비탄의 편지들, 그것도 사라진 자기 아버지에게 보낸 편지들을 매트리스로 깔고 잠을 자다니! 그러니 녹초가 되어 일어날 수밖에.

나는 저녁마다 아이들과 함께 『피노키오의 모험』을 읽는다. 거의 끝 부분을 읽고 있는데, 상어 뱃속에서 나무인형이 제페토를 발견하는 대목이다. 폭풍우가 치던 날 잘못해서 상어에게 잡아먹힌 이 노인은 상어 뱃속에서 깜박이는 촛불을 켜놓고 테이블 앞에 앉아 있다. 그의 발이 걸쭉한 물 속에서 질척댄다. 그가 작은 물고기들을 산 채로 우물우물 씹어 먹는다. 이따금 용케도 입 밖으로 도망쳐 나오는 놈들도 있다.

피노키오는 자기 아빠를 보자 너무 놀라 말문이 막혀버린다. 간신히 불확실한 말들을 더듬거리며 아무런 의미도 없이 토막난 문장들을 조금씩 뱉어낼 따름이다. 그러다 마침내 또렷하게 말을 하기에 이른다.

"오, 사랑하는 우리 아빠, 바비노 미오*, 드디어 다시 아빠를 만났네요. 앞으론 절대 아빠 곁을 떠나지 않을게요, 결코, 두 번 다시는!"

결코, 두 번 다시는! 이 말을 발음하는 내 목소리가 갈라진다. 아이들이 팔꿈치로 나를 민다. 내가 문장과 문장 사이에 뜸을 들이는 걸 싫어한다. 그 다음이 궁금해서다. 아빠가 피노키오를 와락 끌어안는다. 부자는 서로 끌어안은 채 물에 빠져 죽게 될 것인지?

이제 아이들이 그만 자야 할 시간이 되었다. 내가 서재로 돌아가 일을 할 시간이다. 엘리오가 애원한다. "딱 한 페이지만 더, 엄마, 안 된다고 안 할 거지?" 메를랭이 작은 동물이 우는 소리를 흉내 내며 몸을 웅크려 내 품으로 파고든다. 나는 책을 다시 집어들고 한 페이지, 그리고 또 한 페이지를 더 읽는다. 제페토는 헤엄을 칠 줄 모른다. 우리 아버지도 헤엄을 칠 줄 몰랐다. 아버지는 물을 무서워했다. 파리에서 보낸 유년기를 잊으려고 해적 조상을 꾸며낼 정도로 브르타뉴 계임을 그토록 자랑스러워했으면서도, 아버지는 우리가 허공을 두려워하는 만큼이나 바다를 무서워했다. 나는 수영을 잘하고 유난히 좋아하지만, 아직 운전

---

* babbino mio, 이탈리아어로 '우리 아빠'라는 뜻.

면허증은 없다. 그래서 프랑크가 없을 때 수영장에 가려면 자전거를 타야 하기 때문에 아들 녀석들이 시무룩해진다.

이야기는 계속된다. 위험에 직면한 피노키오가 기지를 발휘한다. 피노키오는 아빠를 등에 업고 주변 상황에 맞서 싸울 준비를 한다. 밖에서 아무리 바람이 무섭게 몰아쳐도 꿈쩍도 하지 않는다. 내게도 그런 힘, 의연함이 있다면 얼마나 좋을까. 나는 아직도 그 전(前) 단계, 즉 말을 더듬고 토막 난 말들을 뱉어내는 예비과정에 있다. 내 말을 못 믿겠다고? 어느 날 내 초벌 원고, 물에 빗대어 표현하자면 첫번째 분출, 손으로 써내려간 글을 보게 되면, 그 당시 내가 느끼던 혼란과 힘들게 진행되던 탐색의 과정을 이해하게 되리라. 당연한 일이지만 인쇄된 문장을 대하면 모든 게 수월해 보인다. 삭제하느라 그어진 줄도, 여백에 가필된 글자도 없다. 텍스트는 자명한 듯이 매끄럽게 흐른다. 아마도 그 편이 훨씬 낫다. 아무도 작업 자체를 보려고 하지 않는다. 뒤틀림을 보고 싶어하지 않는다. '뒤틀림contorsions'이라고 써야 할 자리에 내가 '후회contrition'라고 썼고, 그 이전에는 '뉘우치다repentir'라고 썼다는 사실을 어느 누구도 알고 싶어하지 않는다. 하긴 '뉘우치다repentir'란 단어도 나쁘지 않다. '회한'과 '교정'을 동시에 의미하니까.

내 컴퓨터에서 이상한 소리가 난다. 마치 이빨들이 서로 부딪치는 것 같다. 뼈들이 우두둑 소리를 내고, 해골들이 뒤를 돌아본다. 그들은 방해받기가 싫은 것이다. 죽은 자를 삶으로 불러들이는 것, 그것은 죽은 자의 불멸성을 의심하는 일이다. 나는 자기 아버지를 업고 상어 뱃속을 헤치며 나아가는 피노키오의 몸을 다시 떠올린다. 마침내 괴물의 혀 위로 나온 두 사람이 가지런한 세 개의 이빨 뒤에 있다. 괴물의 혀…… 바로 이것을 제목으로 써야지, 나는 얼른 셔츠 등판에 그 말을 적어둔다.

복도의 타일 위로 자박자박 걷는 메를랭의 발소리가 들린다. 자다 깨서 화장실에 가는가보다. 그애가 내 서재로 머리를 쑥 들이민다. 나는 손짓으로 응답한다. 그애가 말한다. "일 많이 해, 엄마. 그리고 안녕히 주무세요. 그럼 내일 만나." 그러더니 발끝으로 조심조심 걸어서 간다.

자정 무렵 컴퓨터가 안정을 되찾았다. 족히 두 시간이나 딱딱 소리를 내더니 갑자기 조용해졌다. 혹시 모든 아버지들이 가족사의 이런저런 시기에 괴물의 모습으로 나타나는 게 아닐까라는 생각이 든다. 이런 저주에서 벗어난 몇몇 이들을 제외하곤 말이다. 양친이 다 있다는 게 어떤 건지 누가 이야기해주면 좋으련만. 자신이 열세 살일 때, 열아홉 살일 때, 서른여덟 살일 때의 아빠. 이제는 더이상 청년이 아닌 아빠. 언제나 자기보다 확실히 더 나이가 많은 아빠. 이런 생각에는 도저히 집중이 안 된다. 짐작조차 할 수 없다. 얼마 전에 친구와 함께 본 러시아 영화에서처럼 자기 아들에게 "스프와 빵을 다 먹도록 이 분간의 여유를 주마"라고 말하는 아빠. 비행기놀이를 하는 아빠. 기다릴 필요가 없는 아빠. 또 어떤 아빠가 있지?

이번에는 내가 아이들 방으로 간다. 엘리오는 곰인형을 끌어안고 곤히 잠들어 있다. 메를랭은 담요를 밀쳐내고 깃털이불을 끌어올려 덮었다. 그애는 깃털 냄새를 좋아한다. 그림책은 우리가 읽다 만 페이지가 펼쳐진 그대로 머리맡 탁자 위에 놓여 있다. 그 면에는 제페토와 거품을 낸 크림 같은 그의 머리칼, 그리고 그의 입에서 빠져나가는 물고기 한 마리가 그려져 있다. 창작의 신비, 부성(父性)의 신비. 한 아버지는 어떻게 해서 생기나? 무엇으로 만들어지나? 어떤 재질로? 테릴렌*, 벨벳, 사포(砂布)? 아버지가 신은 양말 모양은? 무릎은? 바지를 벗는 방식은? 자동차 열쇠는 어디에 놓아두는지? 호텔 청구서는 어디에 보관하는지? 부정(否定)의 '파pas'**가 겹으로 붙은 '파파papa'라는 이 소리는, 멀리서 들려오는 비명소리는 대체 뭐란 말인가? 억지로 참는 눈물은 또 뭔가? 나는 주어진 얼마 안 되는 요소들

---

* 폴리에스테르 섬유.
** 프랑스어에서 ne와 함께 쓰여 부정문을 만드는 단어.

을 가지고 혼자서 지금까지 그럭저럭 타협해왔다. 하지만 피노키오가 한 말("오, 사랑하는 우리 아빠, 앞으론 절대 아빠 곁을 떠나지 않을게요, 결코, 두 번 다시는!")과 같은 문장들은 내 마음을 걷잡을 수 없이 뒤흔들어버린다는 사실을 나는 잘 안다. 격한 감정에 휩싸이면 나는 눈을 내리깐다. 마음이 가라앉을 때까지 몇 시간이 흐르도록. 누가 로제 니미에에 대한 말을 할 때마다 나는 정상적인 생활이 불가능할 정도로 끔찍한 두려움에 사로잡힌다.

나는 자주 루앙-파리 구간의 기차 안에서 글을 쓴다. 수다 떨며 가기에 그만인 노선이다. 나는 한 주에 몇 차례씩 이 기차를 타는데, 그러다보니 습관이 되었고, 이제는 기차가 내 집처럼 편하다. 많은 사람들이 잠을 자는 동안—특히 돌아오는 기차에선 영락없이 그렇다—나는 여러 장의 종이에 글을 깨알같이 써넣는다. 하지만 다시 읽어보는 일은 거의 없다. 주어진 시간, 특정한 순간에 속해 있는 기록인 탓에 영감을 주기보다는 거추장스럽기 때문이다. 그래도 그중 어떤 글에서는 놓치기 아까운 메모들을 찾아내기도 한다. 내가 언제 이런 글을 썼는지 기억조차 나지 않는 것들이다. 예를 들면, "로제 니미에는 엄청난 학식, 놀라운 작업 능력, 굉장한 식욕과 복받치는 설움을 지니고 있었다"가 그런 것이다.

혹은 이런 것도 있다. "어린 계집애에 불과했던 내게 로제 니미에는 위험한 남자였다. 물리적으로 위험했다."

'물리적으로'가 강조되었다가 다시 줄이 그어져 삭제되었다.

여기서, 즉시, 꾸물대지 말고 말해야 한다. 그렇지 않으면 절대 말하지 못할 테니까. 아버지가 칼로 푹푹 찔러서 배를 갈라놓은 거실의 이인용 소파, 질투 때문에 벌어진 장면들, 넘어진 촛불─제페토의 촛불도 그랬지─이 하마터면 서재에 불을 낼 뻔했던 일을 말이다.

그리고 수집품들, 즉 납으로 만든 병정, 책 앞에 놓인 무기, 오빠의 관자놀이를 겨누었던 권총에 대해서도 말해야 한다. 내가 태어나기도 전에 있었던 일을 작년에 엄마에게서 들었다. 엄마는 여기, 밝은 색 마루에 앉아서 죄다 털어놓았다. 이어지는 엄마의 기나긴 독백에 나는 할 말을 잃었고, 침묵을 깨뜨린 엄마의 용기에 무한한 고마움을 느꼈다.

그 일의 자초지종은 이러하다. 아니, 엄마가 내게 해준 이야기는 이러하다, 고 말하는 편이 나을지도 모른다. 아무튼, 마르탱 오빠는 부부침대 발치에 놓인 요람에 있었는데, 아버지가 당신 베개 밑에서 권총을 꺼내더니 아들의 관자놀이에 갖다 대었다. 오빠는 울지 않았다. 천만에, 아버지가 그런 끔찍한 제스처를 취했던 것은 오빠가 울었기 때문이 아니었다. 혹시 오빠가 울었다 해도 그렇지, 지금 내가 하는 말은 너무 어처구니가 없다. 골백번 양보해서 오빠가 울었다 하더라도 그렇단 말이다.

아버지가 애정을 표현하는 방식은 별난 것이었다.

당신의 사랑을 새겨넣는 괴상한 방식, 예를 들면, 그로부터 몇 년이 지났을 때였는데, 엄마의 목에, 목덜미 양쪽에 남긴 손가락 자국들…… 몇 시쯤이나 되었더라? 층계참으로 통하는 화장실에 빛들이 창이 하나 있었다. 아버지의 모습을 눈앞에 그려보려고, 상상해보려고 애쓰지만 이번에도 머릿속에 떠오르는 것이라곤 역시 말뿐이다. 현관문을 쾅 닫는 아버지. 벽에 부딪치는 아버지, 두 손으로 머리를 감싸쥐고 층계참 바닥에 무너지듯 주저앉는 아버지. 내가 아버지를 위로할 수 있다면 좋으련만. 나는 언제나 아버지를 두둔할 변명을 찾아낸다. 다시 아버지 이야기로 돌아오면, 아버지가 코트를 한쪽 어깨에 걸친 채 지극히 조심스럽게 계단을 내려간다. 우리는 엘리베이터 없는 5층에 살았다. 균형을 잃는 아버지. 뒤뚱거리다 쓰러지는 아버지의 몸. 그러자 달려가서 아버지의 몸을 일으켜서 안으로 끌고 들어오는 엄마. 바로 그때 내가 화장실에서 나온다. 이번에는 나도 돕고 싶다. 이해할 수 있겠지, 나도 쓸모 있는 존재가 되고 싶다는 말이다. 그런데 아빠가 나를 알아본다. 아빠가 내게 뭐라고 소리를 질렀는지, 나를 뭐라고 불렀는지 지금은 기억도 안 나지만 알고 싶지도 않다. 그 다음날 집 안에 들어서자 악취가 풍긴다.

우리 아버지가 술고래였다는 사실, 취한 남자에게 어린 딸자식 따위는 안중에도 없다는 사실을 언급할 필요가 있으리라. 비록 아버지가 위대한 작가, 자기 세대에서 열 손가락 안에 드는 훌륭한 작가였다 해도 말이다. 더이상의 시시콜콜한 설명은 하지 않겠다. 단지 이목을 고려하거나 수치심 때문에 그런 것은 아니다. 아버지를 위시한 친구들 주변에는 이미 구경거리가 될 만한 일화들이 차고 넘친다. 내가 거기에 무슨 이야기를 보태본들, 그네들의 혐오스러운 전설을 풍요롭게 할 뿐이 아니겠는가. 나는 사소한 이야기를 하고 싶다. 개인주택의 정원에서 한 손에 술잔을 들고도 서로 주고받지 않을 만큼 하찮은 이야기. 지적이거나 정신적이거나 기발하지도 않은 이야기, 다 듣고 나서 "뭐, 그런 사람이 다 있어!"라고 소리치며 웃게 되는 이야기도 아닌 썰렁한 이야기.

심지어 "정말 그 사람답군"이란 언급조차 안 하게 될 이야기.

이런 이야기는 문학잡지의 말단 기사거리도 못 된다. 아버지 친구들의 표현대로 '거품에 거품이 일게 하다'에도 속하지 못하는 것들이다. 플라스틱 계란반숙 프라이가 다시 떠오른다. '우선 보기에도' 전혀 구미가 당기지 않는다. 플라스틱 계란반숙 프라이니까.

그렇다면 뭐지, 내가 이야기하고 싶은 게 대체 뭐냐고?

파리의 집에 아버지와 나만 있었다. 아니, 정확히 둘만 있었던 것은 아니고, 나를 돌봐주던 언니뻘 되는 젊은 여자도 있었다. 그 여자 이름이 실비였던 것도 같은데, 확실하지는 않다. 최근에 실비라는 어떤 여자에 대해 들은 바에 의하면, 우리가 어렸을 때 우리를 돌봐주었고, 고향이 푸아티에*라고 했다.

다른 식구들은 모두 어디 갔을까?

멀리, 떠났고, 없었다. 장난감을 넣어두던 밝은 색 나무가구 앞에 있던 내 모습이 눈에 선하다. 아래쪽 서랍에는 소꿉장난 음식이 잔뜩 들어 있었고, 바로 그 위에 식기와 미니 컵들이 있었다. 아빠는 점심을 거른 채로 거실의 창문과 창문 사이에 놓인 책상에 줄곧 앉아만 있었다. 틀림없이 배가 고플 것 같았다. 아빠에게 먹을 것을 차려다 줘야지, 라는 생각이 들었다. 플라스틱 계란반숙 프라이는 바로 이 대목에서 등장한다. 나는 샛노란 노른자와 반들거리는 흰자를 접시 중앙에 놓고, 뭉쳐진 작은 콩 한 줌을 곁들였다. 나머지는 내가 기억한다기보다는 짐작에 의한 것인데, 우리 애들이 소꿉놀이를 하지 않은 지가 그리 오래되지

---

* 프랑스 서쪽의 푸아투샤랑트 지방의 도시.

않았기 때문이다. 나는 주방에서 쟁반을 빌려 그 위에 상차림을
하고, 냅킨도 걸맞게 접어서 얹은 다음, 아무것도 넘어뜨리지 않
게 온 신경을 기울이며 아파트를 가로질러 갔다. 주방에서 나와
복도를 지나고, 욕실을 통과하고, 현관으로 들어선 후에야 비로
소 이중 유리문으로 거실과 격리된 부모 침실에 다다를 수 있었
다. 그곳에, 내게 등을 돌린 자세로, 우리 아버지가 앉아 있었다.
나는 가져온 것을 힐끗 쳐다보았다. 모든 게 제자리에 있었다.
나는 크게 숨을 들이마신 다음 아빠 옆에 멈춰 섰다.

　내 눈에 뭐가 보이냐고?

　한 무더기가 보인다. 빼곡이 들어찬 평행육면체와 사방에 널
린 종이들, 책들, 반원 모양으로 깎아 그 위에 압지를 댄 나무토
막, 할머니의 다지기 기구와 흡사한 일종의 압지틀―이런 물건
들은 사고 이후에 죄다 어딘가로 사라졌다―이 눈에 들어왔다.
내 시선이 아버지의 만년필을 좇는다. 만년필은 알 수 없는 기호
들을 별것도 아니라는 듯 종이 위에 쓱쓱 써내려간다. 마침내,
내게는 무척이나 길게 느껴지던 시간이 지나고 나서 문득 손놀
림이 멈췄다.

　"또 뭐야?" 잔뜩 억눌린 목소리로 아빠가 물었다.

　나는 내 발부리를, 짙은 빨간색 카펫을, 자주 지나다녀 군데군
데 해진 곳들을 내려다보았다.

"또 뭐냐니까!" 좀더 언성을 높여 아빠가 반복해서 물었다.

아빠가 온종일 집에서 책상 앞에 있는 일은 흔치 않다. 아빠는 대체로 회사에 있다. 아빠 어디 계셔? 회사에 계시지. 벌써 나가셨어? 그럼, 회사에 가셨지. 아빠 회사에 계셔? 응, 분명히 회사에 계실걸. 어렸을 때 내가 집에서 아버지와 관련해서 가장 많이 듣던 말, 그것은 "회사"라는 단어이다.

나는 책들 옆에 쟁반을 내려놓았다. 아빠는 왜 먹는 시늉조차 하지 않았을까? 공원에서 보면 어른들이 그렇게들 하던데. 애들이 시멘트 가장자리에서 풀과 담배꽁초로 그라탱*을 만들면 말이다. 해변에서도 마찬가지다. 어른들은 우리가 차린 음식을 맛보는 시늉을 한다. 그것은, 플러시 천으로 만든 동물인형과 말을 주고받거나 잠들기 전에 동화책을 읽어주는 것처럼, 가족 내의 계약이다. 우리 아빠는 그런 사실을 몰랐을지도 모른다. 아니면 그 따위 관습을 싫어했을 수도 있다. 아무리 뛰어난 유머와 연출 감각으로 정평이 난 아빠였지만 말이다. 아빠는 크리스마스 날 변호사의 운전기사로 변장하고 경찰서에 가서 앙투안 블롱댕을 찾아 나온 적도 있지 않았던가? 하지만 나하고는, 당신 딸하고는 사정이 사뭇 달랐다. 나야 경기병파의 일원도 아니고 아들도

---

* 가루 치즈와 빵가루를 입힌 다음 노랗게 구운 요리.

아니었으니까. 아빠와 나는 같은 마당에서 놀아본 적도 없다. 내가 방해가 되었던 것이지, 바로 그랬다, 내 소꿉들을 치웠어야 했는데, 아빠가 짜증을 내며 반복했듯이, 내 소꿉들이 성가셨던 것이다. "애가 낮잠 잘 시간이 되었을 텐데, 애 보는 여잔 대체 어디로 간 거야?"

때마침 실비가 나를 찾으러 왔지만, 문지방에 선 채 차마 들어오질 못했다. 출입금지 명령을 받았던 게 틀림없다. 아빠의 태도가 갑자기 누그러졌다. 아빠는 실비에게 잡아먹지 않을 테니 들어와도 괜찮다고 말했고, 내 손을 잡고는 손바닥에 살짝 뽀뽀를 했다. 나는 손가락들을 도로 오므렸다. 나는 세상에서 가장 행복한 어린 딸이었다.

몇 시간 후, 낮잠을 깨서 보니 쟁반이 다시 주방의 제자리에 놓여 있었다. 소꿉장난 음식은 어디로 갔지? 거실 문이 활짝 열려 있었다. 아빠 의자는 텅 비어 있었다. 아빠가 커튼 뒤에서 불쑥 나타나기를 기대라도 하듯 나는 조심스럽게 앞으로 나갔다. 하지만 천만에, 아빠는 절대 그런 장난 따윈 치지 않았다. 그랬더라면 더 바랄 게 무엇이랴! 아빠는 없었다. 외출하신 것이다. 아빠 일에 훼방을 놓았으니 나는 못된 딸이다. 그 어느 때보다 마음이 언짢았다. 만일 아빠가 글을 쓰지 못한다면, 그건 내 탓이다. 아빠가 집에서 멀리 떨어진 곳에서, 혹은 6층의 신비로운

방에서 생활을 하는 것도 다 우리들, 아이들 때문이다.

나는 아빠의 휴지통 안에서 구겨진 원고와 맥주 깡통들 틈새
에 끼어 있는 플라스틱 소꿉접시를 찾아낸다. 플라스틱 계란반
숙 프라이는 책상 위에 있다. 재떨이로 쓰였던 모양이다. 꽁초
한 개가 노른자 오른쪽 귀퉁이에, 플라스틱이 검게 타서 파인 분
화구에 꽂혀 있다.

나는 아버지가 거의 담배를 피우지 않았다는 사실을 최근에
야 알게 되었다.

작년이었다. 병이 나기 직전이었는데, 밤마다 극도로 난폭한 꿈에 시달리다 못해 내가 위그 오빠에게 편지를 보내 이렇게 물어본 적이 있었다. 오빠가 파리의 집에 돌아올 때면—이번에는 사고 후가 아니라 그 이전, 오빠가 생케포르트리외를 떠나서 살 무렵이다—어떤 느낌을 받았느냐고, 혹시 내가 보았을지도 모르는, 그래서 자꾸만 꾸고 또 꾸는 악몽을 설명해줄 실마리가 됨직한 무슨 소동이나 싸움이 기억나느냐고, 그리고 내 기억에서 지워졌을 법한 사건들에 대한 기억이 남아 있느냐고 말이다. 내 안에 이미 저장된 무엇이 있다면, 지금도 그 생각엔 변함이 없지만, 그것으로 나를 엄습하는 이미지를 입증하기에 충분하다는 듯이.

나는 오빠의 답장에 충격을 받았다. 오빠가 아주 가깝게 느껴졌다. 내가 라로셸을 방문한 이후로 우리는 다시 말을 나누지 않고 지냈다. 단 한 번의 대화로 앙금을 말끔히 걷어내기엔 뒤늦은 고백이 너무도 견고한 벽에 부딪힌 것이다. 어쨌든 살아야 했으므로, 우리는 허공으로 난 창문일랑 벽을 쌓아서 막고, 이곳은 떠받치고, 빛이 지나치게 들어오는 저곳은 폐쇄하면서 최선을 다해 안간힘을 썼던 것이다. 내가 악몽에 관해 써 보낸 편지에 대한 오빠의 답장에 의하면, 자신은 한 가족이나 형제로서의 소속감을 느껴본 적이 전혀 없을 뿐 아니라, 텔레비전 연속극에서 흔히 보듯 어려운 시기를 겪으면서 감동을 통해 가족과의 일체감을 확인해본 적도 없다고 했다. 오히려 마취된 느낌이었으며, 그래서 그때를 생각하면 머릿속에 '마취'라는 단어가 떠오른다고 했다. 오빠는 엄마가 공범과 함께 있는 장면을 우연히 목격했던 기억에 대해 말하면서, 엄마의 공범인 아버지야말로 신화가 되기에 적합한 거리와 아이러니(거리를 부여하는 다른 방식)의 후광을 지닌 일종의 영웅이라고 했다. 이 말에 나는 감동을 받았고, 가장 위협적인 모습의 아버지 꿈을 꾸고 난 후라서 안도감마저 들었다. 오빠는 또한 의붓아버지 로제가 자기에게 기울인 애정에 대해서도 말하고 있다. 아버지는 오빠에게 카드놀이를 가르치고, 아르센 뤼팽을 알게 해주고, 경주용 자동차에 대한 이야기도 하면서 둘이 함께 진정한 시간을 보내기도 했다. 오빠는 욕실에서 나던 물소리도 기억했다. 맞다, 아빠는 회사, 즉 갈리마르 출판사에서 혹은 내가 모르는 다른 어딘가에서 돌아오면 목욕을 하시곤 했다.

불행한 일들? 당연히 있었다. 하지만 늘 소리를 죽인 채로 탈지면 패드 밑에 눌려 있었다고 큰오빠는 편지에 썼다. 우리 엄마가 한밤중에 흐느끼면서 마르탱 오빠와 내가 잠든 제일 구석방으로 달려가던 일, 들었는지조차 의심스러울 정도로 낮은 소리로 이 사이에서 새나오던 욕설, 태어나려면 한참 멀었다고 생각했던 첫 아우 기욤의 사망 소식 등을 알려주었다.

기욤? 엄마 몸에 들어서는 바람에 우리 부모가 서둘러 결혼하게 만든 장본인이다. 좀 덜 순진하게 상황을 설명하자면 이렇다. 엄마가 임신을 했고, 아빠는 엄마와 시청에서 결혼식을 올렸고, 그리고 시청 계단에서 바로 엄마를 떠나버렸다. 무거운 배를 떠메고 알아서 살아보라고.

기욤은 늦게 태어난 데다 과체중이었다. 불행하게도 아기가 생후 이틀 만에 사망하자 빈사 상태인 산모의 머리맡으로 아버지가 불려오게 되었다.

나는 아버지에게 기욤처럼 출생 직후에 죽은 형이 있었다는 사실을 최근에야 비로소 알게 되었다. 할머니가 우리 엄마에게 그런 귀띔만 해주었더라면 기욤을 살릴 수 있었을지 모른다. 불상사를 예방하는 특별 치료를 받았을 것이며, 임신 기간에도 각별한 주의를 기울였을 테고, 요컨대 불길한 유전적 요인에서 기인하는 모든 위험을 고려했을 것이다. 그 점에서도 침묵은 치명적인 계율을 강요했던 것 같다. 혹은 아닐 수도 있다. 다시는 기욤을 입에 올리지 말자. 우선은 살아 있는 자들에 대해 말해야 하니까. 나는, 우리는, 마르탱 오빠와 나는 자신의 존재를 열렬한 사랑의 결실이라 느끼며 자랐다는 말을 해야만 할 것 같다. 엄마는 과거사를 들출 때마다 변함없이 '열렬한사랑의결실들'을 들먹였다. 사고 당시 우리 부모가 이혼수속 중이었다는 사실도 나는 스물다섯 살이 되어서야 겨우 알았다. 한 친구가 알려주었다. 엄마는 재판소에 '부부 별거'를 신청했고, 서류에 첨부된 증거들로 인해 별거 신청은 이의 없이 수락되었다. 우선 엄마 목에 푸른 멍 자국들이 있었는데, 그것은 경찰조서 어딘가에 기록되어 있다. 또한 자살기도(이것도 말해야만 하리라. 이야기가 빨라지고 있다)가 있었고, 그리고 분명 다른 사실들이 또 있을 테지만 나는 앞으로도 알지 못하리라. 엄마는 아버지를 무서워했고, 우리를 아버지에게서 보호하려 했다. 아버지가 증인들 앞에서 여러 번 위협하지 않았을까? 엄마가 자식들을 잘 돌보지 못한다는 핑계로 우리를 빼앗아가겠다고 말이다.

이상적인 부부의 이미지를 손상시킬 우려가 있는 일이라면 일절 우리가 모르게 하면서, 엄마는 자식들을 위해 바람직한 수준에 맞추어 이야기를 재구성했다. 그것 역시 우리를 보호하기 위해서였을 것이다. 나는 엄마를 원망하지 않는다. 나는 엄마가 지어낸 이야기, 불행하게 끝나는 동화 속의 소녀이다. 나는 내가 열렬한 사랑에서 태어난 어린 딸인 것이 좋았다. 우리 엄마는 항상 진실만 말하지 않았던가, 혼자 몸으로 자식 셋을 키운 용감한 엄마인데 어떻게 거짓말을 할 수 있단 말인가? 엄마는 올곧고 명석한 분이다. 따라서 내가 꿈을 꾸었던 것이다. 갑자기 언성이 높아진 목소리, 전화통에 대고 하는 이야기들, 충격과 눈물바람, 이런 것들은 내가 꾸며낸 신통찮은 짓거리였던 것이다. 그렇게 믿는 편이 훨씬 나았으리라. 자, 다시 본론으로 돌아오자면, 그래서 내가 손해 본 것은 없었다. 우리 아버지가 유순하지 않은 건 사실이지만 그렇다고 절대 자식들 머리카락 한 올이라도 건드릴 사람은 아니다. 머리카락 한 올은 그렇다 치고, 그럼 나머지 부분은 어떤가? 유년기에 형성되는 상처받기 쉬운 것들은? 뒤꿈치를 들고 서서 아빠 드시라고 플라스틱 계란 프라이를 내미는 애정에 굶주린 몸은? 내가 빈번하게 꾸는 한 악몽에서는 가면을 쓴 남자가 나타나 나를 힘껏 끌어안는다. 가면을 쓴 남자라고는 했지만, 그건 사실이 아니다. 얼굴을 가린 게 아니기 때문이다. 남자의 얼굴엔 이목구비 자체가 없다. 심지어 코나 입 비슷한 것도 없다. 그런데 꿈속에서 비명조차 지르지 못하는 것은 바로 나다. 아무리 단어를 우물거리고 폐에 힘을 주어도 아무 소리도 나지 않는다. 그 얼굴을 알아보지만 그렇다는 말도 하지 못한다. 유리가 깨지듯 뼈가 부서지고 해골이 해체되는 듯한 언제나 똑같은 느낌에 사로잡힌다. 화들짝 놀라서 잠을 깨는 것도 언제나 똑같다. 지난밤 꿈에 상점 간판에 써 있는 알파벳 대문자 두 자를 보고서 그가 누구인지 알게 될 때까지는 적어도 그랬다. 간판에 뚜렷하게 적힌 두 개의 자음은 PÈRE(아버지)의 P와 R로, 두 글자가 하이픈으로 연결되어 있었다[*].

내 삶에 무슨 일이 있었기에 결국 이런 꿈으로 해결을 보려는 것일까? 그 남자에게 이름이 생기자 나는 더이상 두렵지 않았다. 그래서 상점 안으로 들어갈 수 있었다. 의연하게 문에 달린 종을 울렸고, 가게 주인과 몇 마디 말까지 주고받았다. 주인의 얼굴은 제라르 드파르디외[**]의 이목구비 그대로였고, 마치 의사처럼 아래위로 전부 흰옷을 입고 있었다. 그렇지, 바로 제라르 드파르디외 본인이 주머니에 주사기를 넣은 가운을 입고, 목둘레에 무엇을 걸고 있는 것만 같았다. 그것은 청진기거나 엄청나

---

[*] PÈRE(아버지)의 발음은 '페르'이고 P-R의 발음 역시 '페르'이다.
[**] Gérard Depardieu(1948~) : 프랑스의 영화배우.

게 큰 성기(먼젓번 소설에서도 그렇게 묘사했었다)처럼 보였다. 혹시 성기가 아니라면 탯줄일 듯도 싶은데, 어깨 너머로 걸쳐진 아주 기다란 탯줄이 꼭 손으로 뜨개질한 목도리처럼 보였다. 뜻밖에도 상호가 'P-R'인 이 가게에서는 그림책, 액자, 공연 프로그램, 포스터, 그리고 사진을 전시하거나 분류하는 데 필요한 온갖 종류의 제품들을 팔았다.

내가 알기로는 아버지가 당신 자식들인 우리와 함께 찍은 사진이 한 장도 없다. 결혼 사진도 없고, 생일 사진도 없다. 우리는 세례를 받았는데 세례 사진도 없다. 아무것도 없다. 엄마 말씀으론 어느 날 아버지가 가족 물건이 든 사물함을 태워버렸다는 것이다. 하지만 이것 역시 내가 꾼 꿈일지도 모른다. 왜냐하면 십여 년이 지나서 내가 새삼 이 일을 꺼내서 묻자, 엄마는 아니라고 단언했고, 고의적이든 아니든 없어진 것이 전혀 없다고 했다. 우리 아버지는 사진 찍히는 것을 몹시 싫어했다는 것이다. 그뿐이다.

사진 찍히는 것을 싫어했다고? 하지만 여기저기서 볼 수 있는 아버지의 사진은 많기만 하다. 고양이와 함께 찍은 로제 니미에의 사진. 카르티에 브레송*이 고양이에게 다정한 눈길을 보내고 있다. 페레르 대로에서 흰색 롤스로이스에 기대선 채 무료한 표정을 짓고 있는 로제 니미에의 사진. 베레모를 썼는지 안 썼는지 모르지만 세일러복 칼라의 훨씬 젊은 로제 니미에의 사진. 이 사진을 자세히 들여다보면 샌들을 신은 오른발엔 양말을 신었지만 왼발은 맨발임을 알 수 있고, 뾰족한 앞니도 보인다. 파스퇴르 고등학교 운동장에 있는 짧은 바지 차림의 로제 니미에의 사진. 운전기사의 캡을 쓴 로제 니미에의 사진. 지원병 군모(軍帽)를 쓴 로제 니미에의 사진. 여기서는 넘치는 젊음과 아름다움이 두드러져 보인다. 사무실에 있는 로제 니미에의 사진. 타자기와 베이클라이트** 전화기가 보인다. 루이 주베, 잔 모로, 에릭 폰 스트로하임***, 그리고 이름이 뭐더라, 아무튼 매력적인 이탈리아 배우 등 이런저런 유명인사들과 함께 찍은 로제 니미에의 사진. 아버지가 사진 찍히는 걸 싫어했다니, 천만의 말씀이다, 그렇게 딱 잘라 말하면 안 된다. 좀더 정확히 말할 필요가 있다. 그리고 비록 고통스럽더라도, 아버지가 당신 자식들과 함께 사진 찍히기를 싫어했다는 사실을 인정해야만 한다. 우리는 그 점에 있어

---

* Henri Cartier-Bresson(1908~2004) : 프랑스의 사진작가.

** 합성수지의 일종.

*** Louis Jouvet(1887~1951)와 Jeanne Moreau(1928~)는 둘 다 프랑스의 영화배우. Eric von Stroheim(1885~1957)은 오스트리아 빈 출신의 영화감독이자 배우이다.

서도 아버지의 걸림돌이 되었던 것이다. 경기병과 그의 다리에 달라붙은 기저귀 찬 자식들, 그건 도저히 어울리지 않는다. 아버지의 친지 한 분이 이야기한 바로는, 어느 날 아버지가 지갑에서 지폐 한 장을 꺼내려다 실수로 대가족 증명서를 떨어뜨렸다고 한다. 아버지는 얼굴을 붉히며 황급히 그것을 주워들었다. 창피했던 것이다. 그게 다 우리 때문이다. 내가 태어난 지 일 년 후에 아버지가 자크 샤르돈에게 보낸 편지에는 이렇게 써 있다. "삶이 암담할 뿐 전혀 아무것도 보이질 않아요. 그저 부질없는 짓이나 하며 살아가는걸요. 사무실과 갓난애 방을 오락가락하며 일에 짓눌리고 애들 울음소리에 시달리면서 말입니다. 그 어디서도 희망이나 위안을 찾을 수가 없군요."

아버지가 '그것', 즉 아이들 우는 소리, 기저귀, 경제적 부담, 이런 것들을 사진까지 찍어 인화지에 고정시키고 싶지 않았을 심정이 이해된다. 끔찍한 글이 하나 더 있다. 종이 두 장에 타자된 결혼에 관한 텍스트인데, (내 기억에 남아 있는) 그 폭력성으로 말하자면 이 세상의 소파란 소파는 모조리 배를 갈라버리고도 남을 만한 것이다. 오래전에 엄마에게서 복사본을 받아놓은 게 있으니 찾아봐야겠다. 엄마에겐 용기가 필요한 일이었으리라. 우리가 어릴 때 당신 자신이 구축해놓은 이상적인 이미지를 깨뜨리기 위해 엄마는 그런 식으로 여러 가지 시도를 하셨다. 하지만 내 쪽에서는 미처 그런 선물을 받을 준비가 되지 않았던 게 틀림없다. 침묵이야말로 암묵적 계약, 공유된 조항이었다. 한쪽은 입을 다물고 다른 쪽은 귀를 막고 있다. 그러니 한쪽이 입을 열기로 했다고 해서 다른 쪽이 그 말을 듣는 것은 아니지 않는가. 내가 작가가 된 지 사오 년이 되었을 때 엄마가 문제의 그 텍스트를 주셨다. 나는 이미 소설을 두 권 출간한 후였다. 나는 그 텍스트를 주의 깊게 읽고 나서, 엄마나 우리와 관련된 부분은 지극히 일화적인 것에 지나지 않으므로 그 의미를 글자 그대로 받아들이면 안 된다고 엄마에게 설명했던 기억이 난다. 작가들은 늘 그런 식이어서, 현실의 사실에서 출발해서 그것을 극단까지 밀고 나간다고, 그러므로 아버지가 글에 끌려들어갔다면, 글이 아주 잽싸게 아버지의 생각을 앞질렀을 수도 있다고 말했다. 이런 진단을 내리면서 나는, 마치 남편이 저지른 일에 대해 엄마가 이해하지 못한 것들을 나 자신은 젊은 여류 작가의 입장에서 이해한다는 듯이 자못 우쭐해 있었다. 그 당시 내게는 아직 몇 가지 정보가 부족했던 탓에 아버지의 글 뒤편에 아버지의 전체 모습이 있음을 받아들이지 못했던 것이다.

나는 옛날 서류가 든 상자가 잔뜩 쌓여 있는 벽장에서 로제 니미에 관련 서류만 따로 모아놓은 것으로 짐작되는 오렌지색 파일 뭉치를 꺼냈다. 결혼에 관한 그 텍스트는 자취도 찾을 수 없었다. 기사 몇 개, 러시아어 번역판에 대한 통지, 십만 부를 찍었다는 통지, 출판사와 공동 소유한 이천 프랑짜리 판권,『푸른 경기병』의 심포지엄을 위해 국립도서관에 대여한 필사본과 서간들의 목록. 친구 장 나무르에게 헌정한 글의 복사본―헌사에 쓰인 내용은 친구에게 알리는 소식(복음)으로서, 가스통 갈리마르와 성 베드로가 직접 계약을 맺었으므로 NRF 출판사 소속 소설가들은 모두 천국에 가리라는 것이다―등이 있었다. 점점 탐색의 목적에서 멀어진다는 인상, 그것이 아버지 관련 서류를 찾기 시작하면서 가지게 된 감정이었다. 나는 할 말이 전혀 없고, 아무것도 알지 못하므로 이런 시도는 부질없다는 생각이 들었다. 이제 그만 포기하고 돌아가서 책이나 읽는 편이 낫겠지.

그때 내가 읽고 있던 책은 이사도라 덩컨의 『나의 인생』이었다. 사람들은 이 뛰어난 여자에 관해 무슨 기억을 지니고 있나? 목에 긴 스카프를 두른 여자라는 사실이다. 덩컨의 긴 스카프는 '영국인 산책로'*에서 그녀의 컨버터블 자동차의 바퀴 밑으로 말려들어간다. 그리하여 긴 스카프가 그녀를 죽음으로 몰아넣게 된다. 사람들은 그녀에게 그저 자식이 셋 있다고만 알고 있을까? 자식 둘이 물에 빠져 죽었다는 사실은 알까? 그들은 부르동 대로(大路) 근처에서 브레이크 고장을 일으킨 리무진에 갇혀 익사했다. 누가 멈추게 할 새도 없이 자동차는 센 강으로 추락했다. 셋째 아이는 태어나면서 죽었다. 이사도라의 책을 사던 날까지도 이런 사실은 전혀 알지 못했다. 그녀의 이름이 지닌 울림이 좋았고, 그녀의 자유와 용기가 감탄스러웠다. 나는 그녀가 젊은 시절에 맨발로 춤추는 모습을 보았다. 나는 지금 센 강으로 천천히 추락하는 리무진과 차에 갇혀 유리창을 두드리는 아이들을 눈앞에 그려본다. 수면 위로 뽀글뽀글 올라오는 거품, 그것은 아

---

* La Promenade des Anglais. 프랑스 니스 해변에 있는 산책로의 이름.

이들이 지르는 비명소리다. 그 사실을 아는 내가 어떻게 운전을 배울 생각을 한단 말인가? 머릿속에 그런 이미지가 있는데 말이다. 현실의 이미지, 거기에 온갖 허구의 이미지를 추가해서 자신만을 위해 독점 상영되는 영화를 보면서 말이지. 그럼에도 나는 월초부터 다시 운전교습을 받았다. 조교가 바뀌었다. 이번 조교는 손톱을 물어뜯지 않는 대신 자기가 맨 안전벨트의 탄력성을 자주 점검한다. 목소리가 부드럽다. 그에게서 풍기는 애프터셰이빙 로션 냄새가 좋다. 로터리에 진입하기 전에 너무 감속하지 말라고 그가 말한다. 벌써 세번째 반복하는 말이다. 이 지역에는 로터리들이 아주 많다. 나는 로터리가 나올 때마다 애를 먹는다. 전달되는 정보는 내 허리쯤에서 멈춰버려 다리까지 내려가지 못한다. 내 눈이 이렇게 명령한다. 건너가야 한다, 아무도 없으니까, 하지만 내 발은 머릿속에서만 움직인다. 나는 결코 운전을 못할 것만 같다. 아니, 할 수 있어, 할 수 있을 거야, 운전할 수 있어, 이건 순전히 연습의 문제, 훈련의 문제일 뿐이야. 지난봄에 내가 자동차 학원에 등록한 지 얼마 안 되었을 때였는데, 지방 경찰차 한 대가 우리 집 바로 옆의 강물 속으로 추락한 일이 있었다. 과속으로 달리던 차가 커브를 돌다 일어난 사고였다. 완전히 새로 복구된 다리 난간에 끈으로 묶인 꽃다발이 하나 매달려 있다. 아들 녀석 둘이 학교에 가느라 매일 그 옆을 지나다닌다. 다리를 건너야 하기 때문이다. 경찰 한 명이 익사했다. 동료들이 그를 차에서 제때 꺼내지 못했기 때문이다. 그를 구조하고 있는 광경이 내 방 창문에서 보였다. 나는 혹시라도 도울 일이 있을까 싶어 황급히 내려갔다. 그런데 멀리 비켜나 있으라는 말만 들었다. 이런 경우에도 운전자의 음주운전 여부나 과속의 이유를 알기란 어려울 것이다. 그는 누군가를 추적하던 중도 아니었고, 이 길로 말하자면 자주 다녀서 그가 훤히 알고 있던 도로였다. 문득 아버지 생각이 난다. 순시아레 생각이 난다. 이사도라 덩컨의 아이들 생각도 난다. 엄마의 형제인 외삼촌 생각이 난다. 외삼촌도 아주 젊어서 운전을 하다 죽었다. 외삼촌의 딸, 그러니까 내 사촌은 그때 18개월이었다. 악몽, 언제나 동일한 악몽이다. 뱅글뱅글 돌고 있다는 느낌. 전부 때려치우고 싶다. 책도 운전교습도 죄다 옆으로 밀쳐버리고 싶어. 펜이 움직이는 서걱서걱 소리, 유치한 두려움과 연약한 손목에 들이댄 강철 칼날. 휴가를 내고 싶은 욕망, 펠트 슬리퍼와 왁스가 칠해진 마루. 그러면 소리 없이 미끄러질 수 있으리라. 자성(自省)할 필요도 질문의 여지도 없으며, 깊이 빠져들거나 매달리지 않아도 되겠지. 저 혼자 막무가내로 녹아내리는 얼음. 삶이 현재 시제로 평온하게 존재하리라 믿으면서 우리는 그런 이야기들도 지워지리라 상상한다. 마치 요술 석판을 각(角)자로 훑어내리면 쓰인 글씨들이 감쪽같이 사라지는 것처럼 말이다. 형세가 바뀌어 육체가 중력에서 해방된다. 우유 배달부의 이미지를 떠올려본다. 네덜란드에서는 우유통이 하나씩 양쪽에 매달린 막대를 어깨에 짊어진 채 스케이트를 타고 미끄러져 달리면서 우유를 배달한다. 얼음 위로 우유가, 흰색 위로 하얀색이……

오늘 아침에 아들 녀석들이 겨울 코트를 입고 학교에 갔으니, 너무 더울 것이다. 오늘 밤엔 『피노키오의 모험』을 다 읽게 될 것이다.

사람들이 내게 묻기를 혹시, 내 생각에, 아주 솔직히 말해서, 결국 유전에 관한 질문인데, 아무튼 그로 인해 내가 거북하게 느끼거나 글쓰기에 속박을 받지 않느냐는 것이다. 해마다 반복되는 같은 질문이다. 다이어트 요법이나 임원의 연봉처럼 일정한 시기가 될 때마다 기입하는 그렇고 그런 서류와도 같다.

우리는 지금 생라자르 역 부근의 한 카페 이층에 있다. 이 남자, 카키색 폴로셔츠, 짧게 깎은 앞머리, 단추 달린 청바지. 직업은 기자. 재킷은? 입지 않았다. 허리에 둘러 묶은 스웨터뿐이다. 나, 굽 낮은 구두, 검정 스커트, 터틀넥 스웨터. 두 차례의 기차 시간 사이에 틈을 낸 것이어서 신경이 쓰인다. 노르망디로 돌아가서 애들을 찾으러 학교에 가야 하기 때문이다. 이 남자, 로제 니미에의 대단한 팬이다. 나, 공손히 미소 짓는다. 테이블 위에서 소형녹음기가 돌아간다. 그는 불안한 태도로 녹음기를 지그시 바라본다. 목소리가 나직하다. 빨간색 음량 감지 바늘이 겨우 움직일 정도이다. 연달아 질문들을 쏟아낸다. 내가 아직도 전음계(全音階) 아코디언을 연주하는지, 글은 수기(手記)하는지, 아침과 오후와 밤 중 언제 쓰는지, 혹시 무슨 부적이나 습관(가령 술을 마신다거나, 담배를 핀다거나, 깨지락거리며 먹는다든가)이 있는지 묻는다. 그리고 우리가 만나게 된 주제와 뚜렷한 관련이 없는 무슨 질문이 또 있었는데 모르겠다. 그러고 나서 우리는 주 요리로 넘어간다. 앞서 나온 질문들은 관계를 맺기 위한 방식, 아마도 간식거리에 불과한 것이리라. 기자는 내가 아버지에 대해 어떤 기억을 지니고 있느냐고 묻는다. 이런 종류의 질문에는 답변할 재간이 없다. 그럼에도 내가 대답을 한다면, 그야말로 거드름을 부리며 잘난 척하는 것이다. 나는 중복 인쇄된 탓에 도저히 읽을 수 없는 글처럼 내 기억 속에 겹쳐져 있는 아버지의 두 가지 모습에 관해 말한다. 하나는 너무 일찍 사라진 문인으로 낙인찍힌 공인의 면모이고, 다른 하나는 주변에서 무슨 일이 일어나는지 아직 영문을 모르는 어린 딸의 눈에 비친 개인의 면모이다.

기자는 내가 좀더 자세히 말해주기를 원하리라. 내가 같은 내용을 말만 바꿔 해도 그의 얼굴이 환해진다. 한편엔 가정생활, 다른 편엔 남자의 우정이 있고 속임수가 있다. 이 두 가지 이미지를 어떻게 공존시킨다지?

대답은 떠오르지 않고, 대신 종업원이 계산을 하러 온다. 종업원이 돈을 '받아 넣었다(encaisser)'. 기자가 어중간한 목소리로 종업원의 말을 되풀이한다. encaisser*

누구에게 하는 말일까? Encaisser, 그래, 아주 적절한 말이다. 두 이미지를 공존시키는 문제가 아니라, '금고에 집어넣는 encaisser' 문제인 것이다. 기자가 내 배에 날린 펀치를 한 방 '얻어맞고encaisser' 나는 배가 쑥 들어간 꼴이 되었다. 나는 이어지는 질문들에 집중하기가 힘들었다. 무슨 핑계라도 생기면 시선이 멍해진다. 뒤편의 저 여자는 코 양편을 꼭꼭 세게 눌러가며 분을 덧바른다. 양쪽 콧구멍을 흐릿하게 만들 참인가보다. 맨 구석의 여자는 자기 운세를 읽는 중이고, 다른 한 여자는 영감을 받은 태도로 백포도주 한 잔을 홀짝이고 있다.

"아버님께서 생존해 계시던 시절에 대해 향수를 느끼시나요? 그 시대에 대해서도요?"

천만에, 향수 따위는 안 느낀다. 오히려 내가 존재하지 않았던

---

* '금고에 넣다' '대금을 수령하다'라는 의미와 함께 '얻어맞다'라는 의미도 있다. 한 단어의 이중 의미로 만든 언어유희이다.

과거에 대한 회고 취향은 있다. 갈리시아*에서 사용되는 이런 의미의 단어가 있는데, 'morriña'가 바로 그렇다. 내가 'morriña'에 관해 말을 꺼내려는 바로 그 순간 마침 길에서 들려오는 소리 때문에 말이 끊겼다.

"살인자, 살인자, 살인자!"

고함을 지르는 건 남자다. 그는 무엇을 팔려는 사람처럼 첫번째 음절에 힘을 주어 발음한다. 나는 급히 연습장의 종이 한 장을 뜯어 그것으로 동전들을 싼 다음 손풍금을 연주하는 사람에게 던진다. 그때 맞은편 아파트 창문에 비친 내 모습이 보인다. 곡이 끝나자 원숭이가 박수를 친다. 놈은 작은 사슬에 매여 손풍금 옆에 앉아 있다. 놈의 바구니에 깔린 꽃무늬 천은, 위에서 내려다보니, 내 침대 커버 천과 비슷해 보인다. 나도 집에 작은 짐승을 키우고 싶었다. 내가 기르던 햄스터가 5층에서 떨어진 이후로, 엄마는 나를 데리고 다른 놈을 사러 부두로 나가는 순간을 계속해서 뒤로 미룬다. 내 햄스터의 이름은 '앙팽'이었다. 내 단짝 친구가 앙팽의 두 형제 '브레프'와 '꽈송'을 길렀다. 나는 앙팽의 죽음으로 충격을 받았다. 아파트 현관문을 열어놓은 건 위그 오빠였을 것이다. 헌데 어째서 앙팽이 우리 안에 있지 않았을

---

* 스페인 북서부의 지방.

까? 지금은 기억이 안 난다. 녀석의 입에서 흐른 피로 흥건해진 붉은 피 웅덩이는 마치 야릇한 비로드, 즉 어머니날 선물용 보석함 내부에 붙여진 베닐리아 종이*처럼 보였다. "살인자, 살인자!" 종업원이 잔돈을 가져왔다. 그가 길 쪽으로 힐끗 시선을 던지더니, "미친놈이죠. 평소엔 좀더 일찍 지나가는데요"라고 설명한다.

그 미친놈은 풍경의 일부이며, 투명인간이다. 기자는 당황한 기색이다. 얼마 전까지만 해도 눈까지 내려오는 앞머리가 있었던 게 틀림없다. 그의 손이 자꾸만 머리칼 속으로 들어간다거나, "갈까요?"라고 암시하듯 신축성 있게 머리를 옆으로 흔드는 걸로 보건대 그렇다. 하지만 우리는 아무 데도 가지 않고 여기 그대로 앉아서 서로 마주 보고 있다. 내게 하려던 질문이 생각나지 않는 모양이었다. 있지도 않은 앞머리를 들어올리는 가벼운 고갯짓을 하고 나서, 그는 다시 상황을 제압한다. 내게 엄마에 대한 질문들을 던진다. 어린 시절에 대해서도 묻는다. 그는 아버지 친구들에게 둘러싸인 나를 상상하고, 내 어깨 위로 몸을 기울이는 호의에 넘치는 아저씨들을 떠올린다. 하지만 그런 아저씨들이 없었다는 사실— 한 사람만 빼고—에 놀라면서, 로제를 아끼

---

* 1960년대 이후로 많이 사용되는 순간접착(뒷면에 접착제가 발려 있음) 장식용 종이.

던 사람들이 왜 그의 자식들인 우리와 좀더 가깝게 지내지 못했는지 납득하지 못한다. 그가 처음으로 진짜로 나를 바라본다는 인상을 받는다. 그는 별안간 주제를 바꾼다. 여기, 빛을 받아서, 내 눈이 믿을 수 없을 만큼 푸르다고 그가 말한다.

그 정도로, 뭐랄까, '푸른' 눈은 정말로 드물다고 그는 강조한다.

나는 눈을 내리깐다. 여담을 끝내고 직업적 음색을 되찾은 그가 내 시선을 피하면서 질문을 계속한다.

"혹시 아버님 소유였던 물건으로 책상 위에 놓아둔 게 있나요?"

나는 서랍 속의 만년필에 대해 언급하면서, 아니, 사용하지 않는다고, 촉이 비뚤어져서 그렇다고, 맞아, 오른쪽으로 비틀려 있다고 말한다. 기자는 당연히 오른쪽일 거라며 웃더니, 메모를 하고, 이것으로 구두시험은 끝났다고 선언한다. 그리고 내 답변들이 참신했고, 나를 만나서 기뻤으며, 기회가 되면 다시 볼 수 있기를 바란다고 말한다. 자기는 마침 상송 가사를 쓰는 소설가들에 대한 자료를 작성중인데, 그 주제와 관련된 내 이야기를 듣고 싶다고 말한다. 녹음기를 챙겨 넣으면서 그는 가방 안을 뒤적여 뭔가를 찾는다. 『도미노』* 한 권을 꺼내더니 독서광인 자기 누이를 위해 사인을 부탁한다. 누이의 이름이 클레르인데, 그냥 클레르라고만 써주면 무척 좋아할 거라고 말한다. 묘한 기분이 든다. 모르는 사람에게 다짜고짜 이름을 호명하며 책을 헌정하는 이런 관습은, 마치 한 텍스트를 공유하는 행위를 통해, 거쳐야 할 단계를 생략하고 일거에 친숙한 세계로 들어가는 느낌을 준다. 주로 아이들이 하는 식이다. 이따금 성(姓)을 철자에 맞게 쓰기가 어려워서 조심하느라 그런 경우가 아니라면 말이다. 그래, 내 성은 니미에(Nimier)니까, 나딘(Nadine)의 N, 그리고 i, 마리(Marie)의 M, 이런 식으로 철자를 부른다. 내가 얼마나 여러 번 그 말을 되풀이했던가, 교실에서, 전화로, 병원에서.

아, 니미에, 작가처럼 말이죠? 혹은, 작가와 친척이세요? 혹은, 작가와 무슨 관련이 있나요? 네, 관련이 있어요, 고작 내가 할 수 있는 말이라곤 이것뿐이다. 그들이 말하는 작가는 언제나 아버지를 가리킨다고 생각하지만, 나를 지칭할 때도 여러 번 있었다. 그들은 내가 마리 니미에와 무슨 관련이 있느냐고 물었다. 그런 질문을 받으면 사실 상당히 곤혹스럽다.

기자는 역까지 나를 배웅하러 와서, 에스컬레이터에 올라타고, 그리고 아주 당연하다는 듯이 함께 플랫폼으로 나온다. 나와 헤어지기 섭섭한 모양이다. 잡지가 나오면 한 부 보내겠다며 내

---

* 1999년에 출간된 마리 니미에의 소설.

주소를 적는다. 기차가 출발할 때까지 기다렸다가 내게 손을 흔든다. 나는 그의 제스처에 감동을 받는다. 맞은편에 앉은 젊은 여자가 미소를 지으며 우리를 바라본다. 나를 운이 좋은 여자로 생각할 게 틀림없다. 파리에 좀더 오래 머물지 않은 것이 후회된다. 아이들도 이제 학교에서 혼자 돌아올 만큼 충분히 컸으니 말이다.

몇 주일이 지나간다. 나는 기자를 생각한다. 상송에 대해 쓴다는 기사에 대해서도 생각한다. 그 주제와 관련해서 떠오른 몇 가지 생각들을 한 구석에 적어둔다. 혹시라도 그가 전화를 걸어올 경우 허둥대지 않기 위해서다. 하지만 전화는 걸려오지 않는다. 잡지도 오지 않는다. 그래서 잡지를 사러 나는 마을로 나간다. 표지에는 기사에 대한 안내와 함께 아버지의 이름과 내 이름, 희한하게도 황금색 액자에 함께 끼워진 두 사람의 사진이 나와 있다. 나란히 실린 초상이 꽤나 인상적이어서 부녀간의 유사점을 찾아보지 않을 수 없게 만든다.

가판대 주인은 그 기사의 주인공이 나라는 것을 알아채자, 우리 아버지가 작가라는 사실은 몰랐다고 하면서, 집안에 작가가 많은가보다고 말하며 미소 지었다. 유별난 일이라고 생각하지 않는 듯한 표정이다. 왜 그런 표정을 짓느냐고 그에게 묻는다.

"어떤 표정 말인가요?"

"저, 집안에 작가가 많은가보다고 말할 때의……"

그런 일은 흔치 않다고 생각하며, 그뿐이라고 대답한다. 그가 잘못 생각하는 것일까?

여섯 페이지에 걸친 기사에는 사진들도 상당히 실려 있다. 어디서 이런 내 사진을 찾아냈을까? 사진 속의 내 손에는 뭔가 들려 있는데, 딸랑이다. 아니, 딸랑이가 아닌데, 잘 좀 들여다보자, 내가 자동차를 입으로 가져가고 있잖아, 마치 사고를 일으킬 물건을 예방 차원에서 집어삼키기라도 하는 듯이 말이다. 겨우 두 살인 나는 짧은 머리에 앙증맞은 짧은 양말을 신었다. 흑백사진 속의 아버지는 세바스티앙-보탱 거리의 당신 사무실에서 포즈를 취하고 있다. 아버지는 원고를 쥐고 있는데, 아버지를 바라보고 있는 남자에게 그 내용을 구술하는 중인 듯싶다. 사진 합성 기술에 의해 나도 이 사진 속에 들어가 있다. 하지만 글을 쓸 줄 모르는 나는 아버지에게 무용지물일 뿐이다. 아버지가 담배꽁초를 비벼 껐던 플라스틱 계란반숙 프라이가 다시 떠오른다. 방해가 된다는 느낌, 의도가 아무리 좋을지언정 내 자리가 아닌 곳에 있다는 느낌, 무엇보다도 역부족이라는 느낌이 새삼 나를 엄습한다.

나오는 이름마다 고딕체로 강조되어 있어서 텍스트는 조밀해

보이지 않는다. 한 커플씩 묶은 문인들의 소개가 길게 이어진다. 프레데릭 다르와 그의 아들 파트리스, 클로드와 프랑수아 모리아크, 아버지 뒤마와 아들 뒤마, 토마스와 클라우스, 플로랑스와 장, 파스칼과 알렉상드르, 베르트랑과 줄리, 앙리의 아들 얀, 이봉의 아들 장-필립……* 기자는, 우리가 카페에서 만났을 때, 내가 언급했던 촉이 비틀린 만년필 이야기를 기억해두었다가 꽤나 재치 있는 문장을 끌어냈다. 서로 겹치는 아버지의 두 가지 모습에 대해서도 세련된 표현을 빌려 말하고 있다. 또한 내 눈 색깔을 브르타뉴 계의 특성으로 간주하면서 로제 니미에도 이렇게 맑은 시선을 가지고 있었는지 묻는다. 끝으로, 길에서 살인자, 살인자, 라고 외치던 남자 때문에 우리의 대담이 어떻게 중단되었는지 설명하고, 그것을 빌미 삼아 다음 커플의 이야기로 은근슬쩍 넘어간다. 메리 히긴스 클라크**는 생전에 자신의 일

---

* Frédéric Dard와 Patrice Dard는 둘 다 프랑스 소설가이다. François Mauriac 와 아들 Claude Mauriac는 둘 다 프랑스 소설가이다. Alexandre Dumas는 『삼 총사』의 저자인 아버지 뒤마와 『춘희』의 저자인 아들 뒤마가 있다. Thomas Mann과 아들 Klaus Mann은 둘 다 독일 소설가이다. 아버지 Jean Delay는 정신 과 의사이자 작가이며, 딸 Florence Delay는 소설가이자 배우이다. Pascal Jardin과 아들 Alexandre Jardin은 둘 다 프랑스 작가이다. Bertrand Poirot-Delpech와 딸 Julie Wolkenstein은 둘 다 프랑스 소설가이다. Henri Queffélec 과 아들 Yann Queffélec은 둘 다 프랑스 소설가이다. Yvon Toussaint과 아들 Jean-Philippe Toussaint은 둘 다 벨기에 소설가이다.

을 자기 딸 캐롤에게 넘겼다. 딸과 공저로 두 권의 소설을 출간해서 딸을 최고의 판매부수를 기록하는 작가로 밀어올리기까지 했다. "딸이 내 뒤를 이을 거랍니다"라고 어머니는 자랑스럽게 언론에 공언한다. 가족 기업은 번창한다. 그 다음은 건성으로 대충 훑어본다. 이 기사의 결론으로 기자는 마지막 페이지 한가운데 박스 안에 이렇게 쓰고 있다. "재능은 '숙명적으로' 대물림되는 것은 아니다." ' ' 안에 쓰인 말의 숨은 뜻을 알아보기 위해 내년에 다시 만날 것을 기약하면서.

그 다음주 나는 라디오 방송국에서 열린 토론회에 참석한다. 그들은 미리 말을 짜 맞추기라도 한 것 같았다. 아, 당신이 마리니미에시군요, 댁의 아버님과는 잘 아는 사이였지요(아버지에게 친구 같은 사람이 있었다니, 정말 어처구니가 없다), 대단한 분이셨어요, 뭐랄까, 그러니까 아주, 사고 당일에도 만났어요(사고 당일 아버지를 만난 사람들은 엄청나게 많다), 우리는 모두 혹시······

나는 황량하게 미소 짓는다. 짐짓 그런 척하는 게 아니다. 풍경이 황량하다고 말할 때처럼 나는 그렇게 진짜로 황량하다. 나

** Mary Higgins Clark(1929 ~) : 아일랜드계 미국 소설가.

자신이 먼지처럼 느껴진다. 손으로 나를 움켜잡고 사라지고 싶다. 나는 방송 녹음 시간이 약간 변경되었으니 잠시만 스튜디오에서 기다려달라는 부탁을 받는다. 나는 무얼 마시고 싶나? 홍차? 커피? 밀크를 넣어서? 설탕도? 나는 다시 '보르도 신간 전시실'로 들어가—프랑크와 함께—높다랗게 쌓인 책들 뒤편에 자리를 잡고 앉는다. 여자들이 우리 앞으로 지나가며 소곤거리는 말소리가 들린다. "그 작가의 딸이래"라고 한 여자가 말하자, 옆의 친구가 눈살을 찌푸리며 "작가 누구?" 하고 묻는다. 말을 꺼낸 여자—피부는 햇볕에 그을렸고 팔에는 금팔찌를 주렁주렁 차고 있다—가 "물론 너도 잘 알거야, 『푸른 경기병』을 쓴 작가"라고 대답한다. 두 여자의 촌평을 피해볼 셈으로 나는 프랑크 쪽으로 몸을 돌려 앉는다. 그리고 그의 미소에 매달린다. 나는 안다. 바로 내 위에 붙은 포스터를 여자들이 보게 될 것이고, 포스터의 내가 실제의 나보다 훨씬 예뻐 보이므로, 여성잡지에 실린 '비포/애프터'를 볼 때처럼 포스터의 사진과 내 얼굴을 번갈아가며 여러 번 볼 것이고, 내 소설을 한 권 집어들어 대충 훑어볼 것이고, 표지 뒷면까지 읽으면서 내가 돌아보기를 기다릴 것이다. 하지만 천만에, 나는 돌아보지 않은 채로 계속해서 여자들의 대화를 듣는다. 여자들도 더이상 내 존재 따위는 개의치 않는다.

"그 여자 피보* 프로에 나왔었어. 근데, 작년에 그 프로에서 봤을 땐 그 여자 헤어스타일이 달랐거든, 썩 잘 어울리던데. 기억 나? 파란 조끼를 입고 있었지……"

"아, 그래, 네 말이 맞아. 지퍼가 달린 하늘색 스웨터였지."

"지퍼가 달렸다고, 확실해? 똑딱 단추 아니야?"

그 프로에서 내가 했던 말은 화제에 오르지도 않는다. 두 여자는 책들을 만지작거리며 한참 더 내 관심을 끌어보려고 하다가 가버린다. 피보의 프로에도 출연했던, 유명 작가의 딸과 몇 마디 나누지 못해 실망했을 게 뻔하다. 여자들은 두 팔을 천천히 흔들며 걸어간다. 그녀들에게 말을 할 수 없었던 나 자신에게 화가 치민다.

한 시간 후에 여자들이 다시 온다. 생일을 맞은 친구에게 내 책을 선물하기로 마음을 정했던 것이다. 나는 블랑슈 총서의 『애무』**에 사인을 해서 준다. 프랑크는 내가 유난히 그녀들에게 친절하다고 말한다.

첫번째 소설이 출간된 이후로 내가 자주 받는 질문이 또하나

---

* Bernard Pivot(1935~) : 프랑스 공영 TV의 독서 토론 프로인 '아포스트로프 Apostrophe'(1975~1990)와 '부이용 드 퀼튀르Bouillon de Culture' (1991~2000)의 명 진행자였다.
** 1996년에 출간된 마리 니미에의 소설.

있다. 기자가 그 질문을 하지 않은 게 놀랍다. 질문은 어째서 내가 가명을 쓰지 않느냐는 것이다. 물론 그 문제에 대해 생각해보았다. 내 답변은 분명하다. 어째서 내가 본명이 아닌 다른 이름을 써야만 하는가?

사람들은 내가 꽤나 도도하다고 여긴다.

내가 가명을 쓴 적이 한 번 있었다. 동네방네 나발을 불 일은 못 되지만, 그래, 아무튼 말이 나온 김에 해야겠다. 예전에 브루클린에서 결혼한 적도 한 번 있었다. 내가 위장결혼을 했던 상대방 청년은 그후에 다시 볼 기회가 없었지만, 그의 성(姓)—아주 예쁜 성이다—을 사용할 권리는 지니게 되었다. 그 방법만이 그 당시 뉴욕 극단에서 활동하고 있던 내가 외국인 체류증을 얻을 수 있는 유일한 길이었다. 게다가 덤으로, 신부 쪽에 유리하게 상황을 역전시킴으로써 엄마의 쓰라린 결혼식 경험을 '다시 쓰기' 할 수 있는 유일한 길이기도 했다. 이번에는 신부가 시청의 계단에서 신랑을 버렸고, 타임 스퀘어 근처의 자기 아틀리에로 가서 애인을 만났으며, 애인과 함께 잊지 못할 신혼 첫날밤을 보냈던 것이다. 가명에 대해 말하자면, 나는 미용 클리닉에 관한 기사를 '파스칼 마르탱'이란 이름으로 발표했었다. 기사의 제목은 '무엇을 선택할까'였다. 그때 나는 스물둘이나 세 살이었다.

내게 일을 맡긴 사람들은 전에 내가 무슨 일을 했는지, 이 분야의 일을 맡을 자격은 갖추었는지조차 묻지 않았다. 나는 수습배우였는데, 그들은 바로 이 자격, 즉 연기 능력과 반복 능력을 높이 평가했던 것 같다. 나는 한 달 반 동안에 열 번쯤 군소리 없이 피부 클렌징을 받았고, 곁들여 몇 번의 선탠과 두 번의 완전 제모 처치도 받았다. 시시콜콜한 말이지만, 나는 덕분에 한 꺼풀 홀딱 벗겨져서 나왔고, 그럼에도 인쇄된 내 기사를 보자 자랑스러웠다.

그런데 내 이름이 파스칼이었다면, 진짜로 파스칼 마르탱이라면? 자신의 본래 성(姓)이 아주 흔해빠진 것이라면, 만능열쇠처럼 도처에서 통용되는 것이라면, 그렇다면 표기를 다르게 해야 하는지? 누구라도 마르탱이란 사람을 알고 있으며, 그렇기 때문에 파리 한 도시에만도 전화번호부에 삼천 명 이상의 마르탱이 수록되어 있다. 인터넷 검색을 해보라. 마르탱이란 이름과 도시를 입력한 다음, '엔터'를 누르면 경고 창이 나타난다. 마치 인터넷 서핑중에 어떤 중요한 규칙을 범했다는 듯이 화면에 삼각형의 위험 표지판이 뜨면서, 답변의 수효, 즉 해당 철자인 마르탱 항목이 3106개에 달하며, 그것은 허용범위를 벗어난다고 게시된다.

나는 질문의 범위를 좁혀보라는 조언을 받는다.

나는 질문의 범위를 좁힌다.

마르탱들은, 파리 12구역에만도, 전화가 없는 사람과 적색 명단*에 오른 사람들을 제외하면, 무려 184명에 이른다. 국립통계경제연구소에 따르면, 프랑스 국내에서만 한 해에 평균 2849명의 마르탱이 태어난다. 나는 얻어낸 통계에 그만 진절머리가 난다. 나는 온통 마르탱만 살고 있는 한 도시를 상상해본다. 집배원들의 지옥이 될 테지. 맞아, 파스칼 마르탱이라, 사실은 그 여자가 바로 로제 니미에의 딸이야(가명을 쓴다는 것은 사람들이 혈통을 알아맞혀야 한다는 것이므로). 물론 좀 흔치 않은 이름을 고를 수도 있겠지, 하지만 그래봤자 전혀 달라질 게 없다. 내가 글을 쓸 권리를 얻으려고 가면과 변장과 술책을 써서 앞으로 나간다는 느낌에서 벗어나지 못할 테니까. 그러므로 안 된다. 단연코. 정체성을 바꿀 마음이 없다. 무슨 말이냐 하면, 가명을 쓰든 안 쓰든 세습의 문제는 늘 직접적으로 개입한다는 뜻이다. 유명한 부모가 남긴 말에 자신의 말을 써넣는 자식은 부모의 그늘에서 사는 걸까, 빛 속에서 사는 걸까? 부모의 위협을 느끼며 살까, 축복을 받으며 살까? 사람들은 그의 입장을 의혹의 시선으

---

* 전화번호부에 자신의 번호를 올리지 말도록 등록한 사람들을 말한다.

로 바라본다. 모든 게 거저먹기일 테지. 저 위에서 부르는 대로 받아쓰면 텍스트가 될 테니까. 남들이 은수저를 입에 물고 태어날 때, 그는 황금 만년필을 물고 태어났지 않은가.

몇 가지 안 되는 아버지의 유품 중에서 유난히 애착이 가는 물건이 하나 있다. 용두를 누르면 종이 울리는 회중시계다. 기자에게 시계 이야기를 하지 않은 게 후회된다. 종소리는 아주 아름다운데, 부드러우면서도 낭랑하다. 아무것도 그리울 게 없는 여인의 목소리처럼 들린다. 종소리는 매 시간마다, 30분마다, 심지어 15분마다 울린다. 그런데 시계에서 종소리가 울리면, 나는 알지도 못하는 할아버지 생각을 하게 된다.

폴 니미에, 시계공 니미에, 우리 아버지의 아버지 생각이 난다. 할아버지는 당신 아들이 열네 살 때 돌아가셨다. 내가 확인한 사실이다. 사망 원인은, 아버지가 선친에 대한 불편한 심기를 드러내며 심장마비라고 말했지만, 사실은 요독증(尿毒症)이었다. 물론 고상하지도 않고 상징적인 매력도 떨어진다. 심장이 마비를 일으키면 책 한 권은 쓸 만한 소재가 되지만 고장난 비뇨기 계통에 관해서 대체 무슨 말을 할 수 있을까? 비뇨기관은 별로 문학적이지 않을 뿐더러 콩팥 역시 아무런 영감도 고취시키지

113

못한다. 불쌍한 할아버지. 병이 나고 일주일 만에 돌아가셨다. 할아버지는 르발루아-페레*에 있는 브리에 시계회사의 엔지니어였고, 최초로 말하는 시계를 발명하신 분이다. 나는 이 점에 대단한 자부심을 느껴서, 기회가 있을 때마다 할아버지 자랑을 하고 다닌다. 1933년 2월 14일은 멋진 발명품이 첫선을 보인 날이다. 시간 정보 서비스는 시작되자마자 엄청난 성공을 거두었다. 이제 사람들은 '오데옹 84 00' 번**을 돌리기만 하면 정확한 시간을 알 수 있게 되었다. 밤낮으로 실린더가 돌아갔고, 유례없이 긴 녹음테이프가 원하는 이들에게 시간을 알려주었다. 녹음은 마르셀 라포르트가 맡았는데, 그는 청취자에게 '무슈 라디올로'란 이름으로 더 잘 알려진 당시 TSF***의 아나운서였다. 그에게도 후손들이 있을 텐데, 오늘날 자기 조상의 업적을 자랑하고 다니는지 궁금하다. 그의 목소리는 1965년에 익명의 우체국원 목소리로 대체되었다.

우리 할머니 크리스티안 루셀―엔지니어의 아내, 로제 니미에의 어머니―은 바이올리니스트였다. 할머니는 열다섯 살 되

---

* 파리 북서쪽의 외곽도시.
** 1960년대 파리의 전화번호는 '지역명＋네자리 숫자'였다.
*** 'Télégraphie sans fil(무선 전신)'의 약자로서 당시의 라디오를 가리킨다.

던 해에 파리 국립고등음악학교에서 1등상을 수상한 재원이었지만, 결혼 후에는 음악을 중단했다. 남편을 보살펴야 했고, 그러자 자식들이 생겨났고, 집안을 돌봐야 했기 때문이다. 나는 아버지 역시 어머니가 재능을 포기함으로써 태어났다는 사실을 잊지 못한다. 아버지는 이런 사실을 어디서도 언급한 적이 없는데, 내가 알기론, 할머니의 올됨과 예술적인 면만을 기억하고 싶었기 때문일 것이다. 할머니가 당신이 속한 사회의 관례를 따르기 위해 예술을 접었다는 사실에 아버지는 그다지 마음을 쓰지 않았던 것 같다. 그렇게 슬픔은 한 세대를 건너뛰었다. 내가 할머니의 연주를 들을 수 있다면 얼마나 좋을까. 우리는 어제 브람스의 소나타를 들으러 물랭 당테*에 갔었다. 나는 바이올린 주자의 자리에 할머니가 앉아 있다고 상상했다. 바이올린 주자는 상냥하고 발랄한 여자, 좀 진부해도 썩 잘 어울리는 말로 표현하자면 '매력적인' 여자였다. 마르탱과 나는 할머니 댁에 가는 걸 좋아했다. 할머니는 언제나 점심 메뉴로 똑같은 음식을 내놓았고, 우리도 아파트 복도에 들어설 때마다 풍겨오는 닭고기와 사과 튀김 냄새에 매번 같은 기쁨을 느꼈다. 때로는, 아버지가 제일 좋아했던 누이 마리-로즈(아버지는 '미미'라고 불렀다) 고모의

---

* 북 노르망디에 위치한 12세기의 건축물로서 1962년 이후부터 예술 행사(특히 음악)를 위한 장소로 사용되고 있다.

자식들인 사촌들도 와서 우리와 합류했다. 사촌들은 몹시 나이 많아 보였고, 잘 차려입었다는 생각이 들었고, 그래서 좀 놀랐다. 접이식 식탁의 양 끝을 펼쳐 늘렸기 때문에 우리는 한껏 조심을 했다. 낮은 탁자 위에는 꽃이 한 다발 있었는데, 꽃병 밑에는 레이스로 된 깔개, 깔개 밑에는 나무를 보호하기 위한 작은 플라스틱 원반이 있었다. '파리 할머니'—우리는 그렇게 불렀다—는 세상이 비틀거리는 것처럼 느껴지던 나의 유년기에 항구성과 안정성 그 자체였다. 나는 할머니의 피부, 고운 잔주름과 갈색 반점들, 그리고 무엇보다도 매끄러운 머리칼을 가느다란 핀으로 완벽하게 길들여 쪽진 머리에 매료되었다. 나중에, 우리가 조금 큰 다음에 관례는 상호합의하에 무너졌다. 이제 우리는 목요일마다 할머니 댁에 가지 않고 대신 '브르타뉴의 집'이란 음식점에서 할머니와 만났다. 우리는 샹젤리제의 대형 영화관에서 영화를 보기에 앞서 무지하게 큰 아이스크림을 주문하곤 했다. 생크림 때문에 상당히 열량이 높았던 그 아이스크림은 내 기억 속에서 영원히 루이 드 퓌네스*의 영화를 떠올리게 하리라. 내 주위에서는 누구나 드 퓌네스가 웃기는 사람이란 판정을 내렸지만, 나는 그를 보면 어쩐지 울적해졌다. 익살스런 장면이 나

* Louis de Funès(1914~1983) : 1970년대와 80년대에 영화계에서 이름을 떨쳤던 프랑스 희극배우.

116

오면 할머니는 반드시 우리를 쳐다보셨는데, 우리가 웃는지 보려고, 그리고 손자 손녀의 행복한 모습을 보며 기쁨을 나누기 위해서였다. 오빠는 정말 좋은 관객이었지만, 나는 약간은 마지못해 웃었다. 화면에 칼이나 권총이 등장하면 할머니는 내 손을 힘주어 꼭 쥐어주셨다. 내가 싸움을 싫어한다는 사실을 아시기 때문이었다. 나는 영화 속에서 비명을 지르거나 핏대를 세우고 말하는 사람들이 싫었다. 그런 장면은 잊어버리는 편이 나았다. 나는 할머니가 당신의 아들인 우리 아빠에 대해, 얼핏 지나가는 말일망정, 무슨 말씀을 하시는 걸 들은 기억이 없다.

'항구성'에 대한 생각으로 다시 돌아오면, 말하는 시계의 목소리가 내 삶에서 수행했던 역할이 닭고기와 튀긴 사과가 했던 역할과 똑같다는 생각이 든다. 아주 큰 목소리로 '정각'이라고 말하는 이 남자에게 언제나 친밀감이 느껴졌다. 해석의 여지가 없다. 거짓말이나 망설임의 여지도 없다. 그렇다면 그런 것이다. '아비뇽'*이나 '생테티엔'**처럼 확고부동한 말이어서 그 사람

---

* 프랑스 프로방스 지방의 도시. 1309~1377년까지 로마에서 피신해온 교황들(클레멘스 5세를 비롯하여 7명)이 이곳에 체재했고, 1791년 프랑스에 통합되기 전까지 교황령에 속했다.
** 프랑스 상트르 지방의 도시로서 산업혁명의 요람지이다.

은 믿을 수 있었다. 그의 말은 신뢰할 수 있었다. 그는 한밤중에 문을 쾅 닫고 가버리지도 않았다. 나는 그의 전화번호를 알고 있었다. 집에서 심심할 때 나는 우리를 돌봐주던 젊은 여자 몰래 번호를 돌려본 적도 있다. 내가 '심심하다'고 표현한 것은 두려움에 더 가까운 감정, 나를 꼼짝달싹 못하게 만드는 막연한 두려움이었다. 나는 시간과 분의 흐름보다 덜 비정한 말로 두려움을 길들일 수 있으리라곤 상상조차 하지 못했다. 침묵의 여왕에게 말하는 시계보다 더 멋진 것이 무엇이겠는가? 나는 똑딱 소리를 세었고, 네번째 '똑딱'에서 실린더가 돌아간다고 상상했다. 시간은 흘렀지만, 그럼에도 모든 것이 변함없이 똑같다. 음색, 음절 사이의 간격, 초침이 내는 소리에 이어지는 작은 메아리까지도.

요즘은 말하는 전자시계가 여자 목소리와 남자 목소리를 번갈아 내보내는 것 같다. 확인하려면 36 99번에 전화만 걸어보면 될 것이다. 하지만 그러지 말라고 뭔가가 나를 가로막는다 (empêcher). 나는 우리 할머니가 당신 남편 옆에서 시간을 세는 모습을 상상하고 싶지 않다. 할머니가 메트로놈 역할을 하다니. 앙투안 블롱댕이 쓴 『무슈 자디스』에서 우리 아버지를 모델로 한 인물의 다음과 같은 대사가 생각난다. "우리 어머니들, 영원불멸한 그분들이 우리에게 음악을 들려주러 추위 속으로 찾아올 것이네. 자네 어머니는 아코디언을, 우리 어머니는 바이올린을 연주하시겠지. 그러면 우리가 행복해지지 말란 법도 없지 않겠나."

프랑스어 'empêcher(가로막다)' 'être empêché(지장을 받다)'
는 라틴어 속어 'impedicare'에서 유래했고, 'prendre au piège
(덫을 놓아 잡다)', 'entraver(족쇄를 채우다)'라는 단어 자체는 '발'
을 의미하는 라틴어 'pes', 'pedis'에서 유래했다.

'Il n'empêche que', 혹은 더 간략히 말해서 'n'empêche'*.

N'empêche(어쨌든), 우리 아버지가 엄마라고 부르던 매혹적
인 여자, 아버지 작품의 첫번째 독자였고 아버지에게 보낸 편지
말미에 수천 번씩 키스를 보낸다고 썼던 여자, 크리스티안 루셀,
시계공 폴의 아내였던 미망인, 즉 우리 할머니는 보란 듯이 따귀

---

* 둘 다 '어쨌든'이라는 뜻.

를 올려붙이는 여자였다. 다행히도 우리는 할머니에게 따귀를 얻어맞지 않았다. 당신 아들이 죽은 후에도 할머니의 솜씨는 여전했는데, 그런 일은 자전거 타기와 마찬가지여서 절대 솜씨가 줄지 않는 법이다. 다만 할머니는 당신의 재능을 발휘할 만큼 자주 우리 곁에 계시지 않았을뿐더러, 내가 이미 말했지만, 우리에겐 더할나위없이 친절하셨다. 하지만 꼭 한 번 할머니의 기분이 느닷없이 변하는 바람에 몹시 놀랐던, 잊을 수 없는 기억이 있다. 사촌언니 결혼식에서 나는 들러리 역할을 했다. 언니는 파리에서도 가장 근사한 쇼윈도에 진열될 만큼 멋진 웨딩드레스를 입고 있었다. 그리고 동그란 부케, 면사포, 질질 끌리지 않게 우리가 들어올리게 되어 있는 드레스 자락, 틀어올린 황금빛 머리—할머니의 쪽진 머리를 능가하게 아름다운—가 떠오른다. 매사에 주도면밀한 할머니는 당신의 세심한 감각을 십분 발휘해서 성당에서 내가 헌금을 걸 때 사용될 은잔 밑바닥에 펠트모직 천을 한 겹 깔아주셨다. 그러면 동전 떨어지는 소리가 나지 않을 테니까. 그런데 나는 헌금을 걷지 않았다. 헌금을 걷으러 대열에 들어설 순간이 되자, 나는 느닷없는 불안감에 사로잡혔다. 그래서 내 자리에 그림처럼 앉아서, 사람들이 내 존재를 잊도록 미동도 하지 않았다. 그러자 사람들이 나를 잊었다. 아무튼 잊은 것 같았다. 왜냐하면 아무도 나를 찾으러 오는 사람이 없었

기 때문인데, 설사 누군가 내 임무를 상기시키느라 손짓을 했어
도 나는 보지 못했을 것이다. 내 시선은 소리 나지 않는 은잔을,
그리고 은잔 너머의 가죽 창을 댄 에나멜 구두를 넋 놓고 바라보
고 있었으니까. 나는 구두 때문에 발이 아팠다. 물론 새 구두였
고 무척 비싼 것이었다. 그런 가격의 신발이라니, 터무니없는 짓
이었다. 다시 발, 라틴어 pes, pedis로, 방해의 개념으로, 장대높
이뛰기 선수의 아킬레스건으로 돌아와야겠다. 몇 시간 후에 할
머니께서 내가 다른 들러리처럼 헌금을 걷지 않은 이유를 물으
셨을 때 내가 했던 대답이 바로 그것이기 때문이다. "걸을 수가
없었어, 발이 아팠거든."

할머니의 입술이, 그리고 입술과 함께 목과 턱 사이의 늘어진
살들이 떨리기 시작했다. 할머니는 입고 있는 블라우스에 카메
오 브로치를 꽂아 칼라를 여미고 있었다. 카메오는 소년인지 소
녀인지 기억이 안 나는 양치기가 양떼와 함께 있는 목가적 풍경
이 새겨진 것이었다. 내가 정확히 기억하는 바로는(끔찍한 일이
다. 왜 바로 그 순간에 그런 생각을 했는지), 할머니가 돌아가시
면 저 물건이 내 소유가 되지 않을까 내심 생각했다. 할머니에게
나는 소중한 존재였을까? 나는 진짜로 존재했던 걸까? 그저 성
(姓)과 이름뿐인, 가족 내에서 차지한 자리(마지막 자리)에 불
과한 존재는 아니었을까? 나는 확증이 필요했고, 안심할 필요가

있었다. 그런데 그 일을 아버지의 엄마보다 더 잘 해줄 수 있는 사람이 누가 있겠는가? 할머니가 내 어깨를 잡았다. 피로연이 벌어지고 있는 낯선 건물의 복도에는 우리 두 사람뿐이었다. 나는 할머니 기분이 왜 그 지경에 이르렀는지 알 수 없었다. 평소엔 지극히 절도 있는 분이었기 때문이다. 그래서 나는 아주 순진하게도 헌금으로 결혼식 비용을 지불할 셈이냐고 물었다. 나는 대답으로 따귀를 얻어맞았다. 할머니는 "가난한 사람들을 대신해서"라고 내뱉으셨고, 내가 눈물바람을 하자 나를 껴안으시곤 사과하셨다. 할머니는 진짜 불행해 보였고, 사실상 나보다 훨씬 더 마음이 아픈 것 같았다. 나는 말랑말랑한 할머니 가슴에 안겨서 우는 것이 나는 좋았다. 할머니에게서 풍기는 분 냄새가 좋았고, 목소리의 억양도 듣기 좋았다. 할머니는 은잔에 거둔 헌금이 교구에서 좋은 일을 할 때 쓰이는 기금이라고 설명하셨다. 나는 그런 줄 몰랐다. 누가 나를 미사에 데려간 적도 전혀 없었고, 오빠와는 반대로 교리문답수업을 들으러 다닐 생각조차 해본 적이 없었기 때문이다. 이 에피소드는 할머니와 내가 상호 수치심에 의해 합의한 공모로 봉합되었다. 할머니의 경우엔 내 따귀를 때렸다는 수치심, 내 경우엔 가난한 사람들을 더욱 가난하게 만들었을 뿐 아니라 할머니의 카메오까지 탐낸 수치심이 있었던 것이다. 카메오는 아주 값진 보석이었으므로 할머니는 그것을 당신 자식들의 젖니와 폴 할아버지의 시계와 함께 금사슬로 꿰어서 장롱 맨 밑에 보관하셨다.

로제 니미에의 젖니들, 기가 막혀, 성냥갑 속의 목화솜 위에 놓인 아버지의 젖니들이라니. 최초의 앞니. 열 살 때 빠진 어금니.

그날 오후 내내, 나는 손님들에게 프티 푸르*를 대접했고, 낮은 앉은뱅이 테이블들을 치웠다. 그동안 마르탱 오빠는 다른 애들과 놀았다. 할머니는 엄마에게 "자초지종"을 이르지 않겠다는 약속을 하라고 하셨다. 할머니는 당신 아들이 붙여준 '침묵의 여왕'이란 내 별명도 모르신단 말인가? 물론 나는 약속했고, 할머니는 나를 믿어도 되었다. 나는 아무에게도 말하지 않을 테니까.

어른들은 샴페인을 마셨고, 그들의 목소리는 천장까지 잔뜩 장식을 한 살롱에서 쩌렁쩌렁 울렸다. 모두들 내가 일을 잘 거든다고, 푸른 오리 빛깔의 드레스를 입은 내 모습이 앙증맞다고 입을 모아 말했다. 롱드레스, 허리 뒤쪽에 달린 리본, 그리고 부풀린 짧은 소매와 잘 어울리는 헤어밴드, 이제 상상에 맡기겠다. 리셉션은 끝날 줄을 몰랐다. 손짓으로 말하던 한 신사가 기억난다. 그는 남들이 등을 돌리고 돌아설 때면 내게 험악하게 찡그린 표

---

* 한입에 넣는 작은 과자.

정을 지어 보였다. 유리창에 이마를 대고 창밖을 내다보던 남자도 생각난다. 나는 그 남자가 나를 옆구리에 끼고 유괴해 갔으면 하고 바랐다.

새 구두 때문에 발은 점점 더 아파왔다. 오빠에게 갈 수도 있었지만, 천만에, 나는 계속 코제트 역할을 하면서 이따금 지시를 받으러 할머니에게 갔다. 할머니는 나의 태도를 높이 평가하는 듯싶었고, 내가 속죄의 길을 걷도록 용기를 북돋아주셨다. 할머니가 내리는 지시는 단호했고, 결코 내 능력을 벗어나는 법이 없었다. 우리 엄마, 엄마로 말하자면 평소처럼 자유자재로 이 그룹 저 그룹으로 옮겨 다니고 있었다. 언제나 이런 상황에서 엄마는 심지어, 특히, 초면인 사람들에게는 무슨 말을 해야 할지 알고 있었다. 이런저런 작은 그룹에 끼어 풍미를 더한 말들의 실타래를 풀어가며 관계를 맺는 능란함에 나는 감탄을 금치 못했다. 엄마는 숄을 걸치고 있었는데, 나는 그 숄이 어떻게 햇볕에 그을린 엄마의 어깨를 드러내면서 흘러내리지 않고 용케 붙어 있을 수 있는지 기적처럼 여겨졌다. 나는 엄마가 참 아름답다고 생각했다. 그렇게 예쁜 여자가 우리 엄마라서 절로 으쓱해졌다. 남자들은 엄마의 다리를 바라보았고, 엄마가 그들 옆을 지나칠 때면 자기들끼리 귓속말로 무슨 말을 주고받았다. 엄마도 그 사실을 눈치 챘으리라는 확신이 지금은 드는데, 엄마는 마치 아무것도 모르는 척 행동했다. 엄마는 또한 내가 두 발을 아주 이상한 자세로 포개고 있다는 것을 알아챘다. 스타킹의 뒤꿈치 부분에 널따랗게 여기저기 불그죽죽한 얼룩이 져 있었기 때문이다. 내가 싫다는데도 엄마는 억지로 나를 욕실로 끌고 갔고, 비데 위에 앉힌 다음 구두를 벗겼다. 엄마의 표정이 갑자기 슬퍼 보여서, 아픈 사람은 바로 엄마인 것 같았다. 나는 왜 붕대를 감아달라고 하지 않았을까? 나는 아무런 느낌도 없다고, 전혀 아무렇지도 않다고, 아프지 않다고 우기면서, 걱정 말라며 의연히 버텼다. 살갗이 벗겨진 부분에 머큐로크롬이 칠해졌다. 구두와 스타킹은 비닐가방 속으로 들어갔다. 그곳의 여주인이 방울 술 달린 실내 슬리퍼를 빌려주었고, 나는 집에 올 때까지 엄청나게 큰 슬리퍼를 신고 있을 수밖에 없었다. 집에 가려는 순간, 할머니가 내 손에 동전 5프랑을 쥐어주시며 당신을 도와준 감사의 표시라고, 아무튼 할머니가 주장하시는 바로는 그랬다. 하지만 그건 무엇보다도 내 침묵을 사려는 것임을 나는 알았다. 나는 이 돈을 성당 헌금함에 넣겠다고 스스로 다짐했고, 그 생각만으로도 죄를 초월하는 속죄의 매우 감미로운 감정에 빠져들어 온몸이 나른해졌다. 누군가가 문 앞에서 마지막으로 우리 사진을 찍으려 했는데, 마침 사진기에 필름이 남아 있지 않았다. 오빠는 빈정거리는 태도로 흰 와이셔츠의 칼라를 질경질경 씹으며 내 발을 쳐다보았

다. 내 발을, 그리고 오랫동안 놀림감으로 남게 될 괴상망측한
실내 슬리퍼를 말이다. 오빠의 바지 주머니 밖으로 스무 개 남짓
한 꼬치구이용 꼬챙이가 훌쩍 삐져나와 있었다. 그것을 도로 주
방에 갖다놓으라고 엄마가 말했지만, 오빠는 듣지 않았다. 엄마
는 더이상 강요하지 않았는데, 그건 잘한 일이었다. 우리 모두가
지쳐 있었기 때문이다. 그 사실을 간파하신 할머니가 우리를 문
밖의 복도로 슬며시 밀어내셨고, 그리하여 사진사가 사진기의
필름을 갈아 끼우길 기다리지 않았으므로, 그 장면, 오빠의 꼬챙
이들, 아름다운 엄마, 나, 그리고 내 슬리퍼의 방울 술은 영원불
멸한 장면으로 남지 못했다.

사촌언니의 결혼식이 있고 몇 달이 지나서였는지, 아니면 다음 학년으로 올라간 후였는지, 연관성이 너무나 긴밀한 탓에 두 사건 사이에 흐른 시간을 가늠하기가 어렵다. 아무튼 담임선생님이 우리 집에 전화를 걸어 누가 학교로 와서 나를 데려가라고 말씀하셨다. 나는 다리가 지독히 아파서 발로 땅을 디딜 수조차 없었다. 학교 식당에서 나오던 중에, 별다른 이유도 없이, 통증은 그렇게 시작되었다. 누군가가 나를 집으로 데려왔는데, 엄마는 아니었다. 그렇다면 대체 누가 나를 5층까지 올려왔을까? 이번엔 발뒤꿈치에 물집이 생기거나, 멍이 들거나 상처가 난 게 아니어서, 겉으로 보기엔 아무런 외상도 없었다. 가정의가 급히 왕진을 왔다. 의사는 혹시 다음날 내가 학교에서 시험을 보느냐고 물었는데, 사실 문법시험이 있을 예정이었고, 그래서 엄마는 직장에서 돌아오는 즉시 의사의 충고를 따라, 나를 목욕시키고 아스피린을 먹인 후에 내가 동사변화를 복습하도록 도와주었다. 마르탱 오빠가 인디언 추장의 복장을 하고 별안간 주방에 들이닥쳤던 기억이 난다. 오빠가 변장을 한 것은 누구 생일파티나 가장 무도회에 가기 위해서가 아니었고, 특별히 나를 위해서, 오직 나를 웃길 목적에서였다. 오빠는 마술 주문을 외면서 식탁을 빙빙 돌며 춤을 추었다. 나는 끔찍한 하룻밤을 보냈다. 아침 여덟시에 의사가 잠을 깨우느라 내 팔을 세게 탁 쳤고, 나를 억지로 일으켜세웠다. 의사는 내가 학교에 가지 않을 셈으로 꾀병을 앓는 거라고 여전히 믿고 있었다. 나는 침대 아래에서 자루처럼 폭삭 무너져내렸고, 다시 일어서지 못했다. 소리 없이 눈물이 주르르 흘러내렸다. 아니, 비명조차 지르지 않았는데, 나는 이미 비명을 넘어서 있었다. 내 다리 안에서는 무엇이 타고 있었고, 뜨거운 열에 근육들이 오그라들면서 곧 뼈들이 튕겨져 나올 것만 같은 느낌이었다. 다시 자리에 눕도록 도와주는 엄마의 손길이 다정하고 세심했다. 엄마의 눈에도 눈물이 고였다. 그래서 걱정하지 말라고 엄마에게 억지로 미소를 지었던 기억이 난다. 그런 엄마를 보면 참을 수가 없었다. 나는 엄마가 우는 것을 바라지 않는다. 더이상은 절대로 안 된다. 엄마는 당신 몫의 눈물을 이미 다 흘렸으므로.

의사의 태도는 완전히 딴판으로 변했다. 부요 질환, 즉 RAA란 이름으로 더 잘 알려진 급성 관절 류머티즘, 연쇄구균의 공격에 대한 지나친 면역반응(나중에 알게 된 사실이다)이라는 진단이 내려졌다. 피검사 결과로 의사의 예측이 확인되자 바로 치료가 시작되었다. 나는 정기적으로 병원에 갔고, 여러 사람들 앞에서 옷을 벗어야 했다. 사람들은 질문을 퍼붓고는 아무도 대답은 듣지 않았다. 나에 관한 말은 엄마가 대신 했다. 의사들은 언제나 정확한 엄마의 말 중에서 가족 병력, 즉 사촌 하나가 예전에 나와 동일한 증상을 겪었다는 대목을 특히 솔깃하게 듣는 것 같았다. 엄마는 내게 검사 결과들, 체온과 체중의 변화곡선에 대한 설명을 해주었다. 그리고 우리가 식이요법을 철저히 따라야 한다고, 설탕도 소금도 안 된다고 했다. 그래도 식사의 균형을 맞추기 위해 치즈는 먹어도 되지 않을까? 엄마는, 마치 아빠가 자신을 지칭하며 '우리'라고 말했듯이, 나에 대해 말하면서 '우리'라는 단어를 썼다. 나는 엄마가 일을 처리하는 다부진 솜씨가 마음에 들었다. 우리 엄마는 아름다울 뿐만 아니라 무척 유능했다. 『엄마는 척척박사』라는 책의 여주인공과 흡사했다. 제목이 마음에 들어서 이 책은 오랫동안 내가 좋아하는 그림책으로 남아 있었다.

어느 날 병원에서 젊은 의사가 내 엄지손가락 밑에 난 작은 흉터를 유심히 보았다. 안경을 쓰고 가까이서 들여다보더니, 불빛 밑에서 내 팔을 들어 한 바퀴 빙 돌려보는 것이었다. 마치 숨겨진 본성을 드러내려는 듯이 말이다. 흉터가 생긴 이유가 지금은 기억나지 않지만 그때는 알았을 게 틀림없으므로, 나는 의사에게 이유를 알려주고, 그 상처 자국이 치료중인 내 병과 아무런 관련이 없다는 사실을 설명하고 싶었다. 그런데 의사는 실험에 열을 올리고 있던 터라 내게 입을 다물라는 신호를 보냈고, 한 번 더 실험을 반복했다. 의사의 정숙 명령이 언짢은 기억으로 남아 있는 것은, 내가 하려던 설명이 얼핏 생각하는 만큼 지엽적인 것이 아니라고 생각해왔기 때문일까. 왜 이런 생각이 드는지 모르지만, 이건 기억이라기보다 차라리 직감이다. 이 흉터는 깨물어서 생긴 자국 같다. 맞아, 아빠가 내 손을 잡고 깨물면, 이상한 일이지만, 그 즉시 역할을 바꿔 내가 아빠를 깨물게 된다. 아빠는 꼭 쥔 주먹을 내 앞에 들이대고 물어, 물어, 라고 말한다. 나는 절대로 세게 물지는 않는다. 그러면 아빠가 웃음을 터뜨린다.

할머니 장롱 속에 카메오와 함께 보관된 아버지의 젖니들이 다시 떠오른다.

유년기의 중요한 시기 전체가 망각 속에 잠기는데, 왜 남 보기에도 하찮은 어떤 것들이 유독 기억에 남는 것일까? 가령, 그때 내가 어떤 식으로 하루를 보냈는지에 관해 나는 아무 말도 할 수 없다. 아무런 기억도 나지 않으니까. 그때는 텔레비전이 없었다. 라디오? 그야 물론 있었다. 학교에서 내준 숙제를 했을까? 엄마가 직장에 있는 동안 나와 함께 있던 사람은 파출부였을까? 그 비용을 엄마가 무슨 돈으로 충당했을까? 나는 이 모든 것, 지출과 관련된 것들, 즉 집에서 받는 심전도 검사, 피검사와 약 값 때문에 걱정했던 기억이 난다. 엄마에게 그렇게 많은 돈을 쓰게 하는 나 자신이 부끄러웠다. 아빠 책장이 있는 거실 한구석의 등나무 침대와 새 이불이 내 차지가 되었다. 학교에는 물론 가지 않았고, 마르탱 오빠와 같은 방을 쓰지도 않았다. 잠들기 전에 어둠 속에서 오빠와 주고받던 농담과 대화도 끝장이었다. 나는 회복되기를 기다리며 외따로 떨어져 있었다.

나는 몇 달 동안 줄곧 누워만 있었고, 코르티손* 때문에 부기가 생긴 어린애는 키가 자라지 않는다는 말을 주워들었다. 관절류머티즘에 걸리면 성장이 멈출 수도 있기 때문이라는 것이었다. 하지만 의사는 특히 염려되는 것은 심장에 미치는 후유증이라고 말하면서, 아직도 외우고 있는 것이 자랑스럽다는 듯 서슴없이 다음 경구를 반복했다. "RAA는 관절은 핥을 뿐이지만 심

---

* 부신피질 호르몬제.

장은 물어뜯는다." 이 말은 내 입 안에 야릇한 맛을 남겼다.

　나는 이 문장이 언제나 두려웠지만, 후유증 자체는 지나치게 걱정하지 않았다. 때 이른 죽음이 가족의 내력인지라, 아주 어린 나까지도 늙지 않는다는 생각에 이미 익숙했기 때문이었다. 키로 말하자면, 그 점에 있어서도 나는 익숙했다. 오래전부터 나는 반에서 키 작은 아이들, 사진의 맨 앞줄에서 볼 수 있는 아이들에 속했다. 엄마, 오빠들, 친구들, 기억 속의 아버지까지도 주위 사람들은 하나같이 키가 컸다. 사정이 그러했으므로 키가 작다는 사실에 나는 전혀 괘념치 않았다. 가장 참기 힘들었던 것은 오히려 아침저녁으로 맞는 페니실린 주사와 코르티손 처치였다. 간호사가 주사기 금속 곽을 꺼낼 때마다, 나는 책들을 바라보았다. 나는 아버지가 선택한 단어들에 매달렸다. 내가 포르노그래피에 관한 소설*에서 이 책장을 언급했던 이유도 책의 제목을 읽는 행위만으로도 위반의 범주에 속하는 무슨 짓을 저지르는 것처럼 여겨졌기 때문이다. 아버지의 책에는 손대지 말라는 금지가 있었을까?『모르는 남자의 서랍들』이란 제목이 지금도 선명하게 떠오른다. 나는 그 제목에서 상당히 힘을 얻었다.

---

* 마리 니미에의 소설『새로운 포르노그래피』(2000).

아이들과 함께 며칠 전에 셀마 라게를뢰프*의 동화 『닐스 올 게르손의 멋진 스웨덴 여행』을 읽기 시작했다. 이 책은 내가 포켓판으로 읽은 첫번째 책이다. 엘리오의 플러시 천 악어 이름이 닐('스'가 빠진)이어서 그런지, 내가 책을 읽으면 엘리오는 메를랭보다 훨씬 참을성 있게 귀를 기울인다. 메를랭은 풍경 묘사가 나오면 정말이지 너무 지루해한다. 이 책의 어떤 장면들은 내 기억에 놀라우리만치 선명하게 떠오른다. 예를 들자면, 동물을 학대한 죄로 키 작은 꼬마로 남게 된 소년이 집에서 기르는 거위 등에 올라타고 공중으로 떠오르는 장면이 그렇다. 소년은 야생

---

* Selma Lagerlöf(1858~1940) : 스웨덴의 여류작가. 언급된 작품은 1906년 작이다.

거위들을 만나게 된다. 셀마 라게를뢰프의 주인공은 기나긴 여정을 마치고 부모님 품으로 돌아와, 피노키오가 상어 뱃속에서 자기 아빠를 만났을 때 말한 것처럼 "저는 이제 다 컸어요, 어른이 된 거예요"라고 말하겠지.

　다리를 쭉 뻗는다. 내 발가락 끝이 벽에 닿는다. 기지개를 켠다. 어느 날 엄마가 이야기해준 바로는, 내가 열네 살쯤 되었을 무렵이었는데, 머지않아 내가 엄마를 앞지를 거라고 예고했다는 것이다. 엄마보다 키가 더 커질 것이라는 말이었을 텐데, 그거야 당연한 일이다. 그리고 실제로 그렇게 되었다. 나는 그런 말을 입 밖에 낸 기억도, 비록 생각일망정 그런 도전을 했던 기억도 나지 않지만 말이다. 고등학교 2학년 때 학급사진을 보면 내가 맨 뒷줄에 서 있다. 익숙하게 알던 모습이 아닌 내 몸에 익숙해질 때까지 오랜 시간이 걸렸다. 요즘도 전철에서 유리창에 비친 내 모습을 보고 흠칫 놀랄 때가 있다.

　아들 녀석들에게 책을 읽어주면서, 나 자신의 목소리에 최면이 걸린 듯이 자꾸만 감겨오는 눈을 뜨려고 어지간히 애를 쓴다. 헌데 막상 자리에 눕자 잠이 달아나서, 그날 낮에 쓴 글의 내용을 생각하며 오랫동안 깨어 있다. 이따금 이런저런 기억들이 밀려드는 바람에 끝을 내려면 족히 몇 년은 걸리겠다는 생각이 들다가, 어떤 날 밤엔 할 말이 전혀 없는 것처럼 여겨지기도 한다. 이제 한두 장(章)만 더 쓰고 책을 마무리 지으리라. 시작과 중간과 끝이 있는 이야기를 하는 것이라면 훨씬 더 쉬우리라. 하긴 내 책상에도 빼곡하게 메모가 든 파일이 세 개나 있으니, 소설의 실마리들이 그만큼 있는 셈이다. 하지만 지금은 그걸 뒤적거릴 때가 아니다. 여러 해 동안 나는 눈을 반쯤 감고 전진해왔다. 생각해보니 여태까지 그렇게 살아왔던 것이다. 구체적으로 말하자면 소리 소문 없이 아버지의 존재를 부정하면서(nier). 로제 니미에, 그를 어떻게 떨쳐버리나 궁리하면서. 내가 '부정하다(nier)'라는 동사를 쓴 것은 우연이 아니다. 요 몇 해 동안 나는 'Nimier'가 아니라 'mi'를 빼고 'Nier'라고 서명했다. 나는 'm'자 위치에 아주 곧게 횡선을 그었고, 줄을 긋는 손놀림에 휩쓸려 'i'자도 함께 지워졌다. 나는 그 사실을 치과에서 수표에 서명하던 중에 깨달았다. 치과의사는 보기 드물게 친절한 남자였다. 그는 음악을 틀어놓고 일을 했는데, 드릴로 이를 갈면서도 고개로 까딱까딱 박자를 맞추었다. 그래서 치료를 받는 내내 마음이 놓이질 않았다. 그는 재즈와 현대 미술을 모두 좋아했고, 그림도 그렸던 것 같다. 그에게 수표를 건넬 때 내 얼굴이 빨개진 이유를 설명하지 않았는데도 그는 내 심기가 편치 않음을 금방 알아차렸다. 그는 혹시 내가 지불을 다음 달로 미루고 싶은지, 아니면 형편이 어려워 아예 지불하지 않기를 바라는지 물었다. 사실 그 당시 나는 보험 혜택을 받을 수 없었는데, 이미 학생이 아닌 데다가, 그렇다고 작가 의료보험에 가입할 만큼 인세 수입이 있는 것도 아니었기 때문이다. 하지만 솔직히 말해 이번만큼은 돈 문제가 아니었다. 다음 소설의 선금을 받은 지 얼마 되지 않은 때여서, 그 돈으로 빚을 갚을 수 있었던 자신을 대견해하던 중이었다. 나는 치료비 금액을 잘못 기재했다고 둘러댔고, 그 수표를 찢고 한 장을 다시 썼다. 갑자기 철자가 생각나지 않는다는 듯이 성(姓)을 또박또박 한 자씩 공들여 써내려갔다. 누구든 자신의 이름 철자가 생각나지 않는다면 얼마나 당황스럽겠는가. 내가 다시 흘림체 서명을 하게 되기까지는 오랜 시간이 필요했다.

달리 뾰족한 수가 없다면 그건 아마도 불가피한 일이겠지? 질문의 형태를 바꿔 핵심을 검토하기. 그것은 성숙함의 증거일까? 이 모든 게 다분히 교과서적으로 보인다. 'Nimier'란 성은 'linier', 즉 'lin(아마)를 경작하는 사람'이란 단어에서 유래한 것이리라. 나도 작고 파란 아마꽃의 경쾌함을 지닐 수 있다면 얼마나 좋을까. 아버지와 마찬가지로, 나 역시 너무 무거운 두 다리로 뿌리를 넓게 내려 단단히 버티고 서 있다.

가끔 혼자서 이런 질문을 해본다. 내가 아버지보다 먼저 죽었다면, 우리 아버진 어떻게 되었을까? 떨어져나가는 바퀴, 엉뚱한 길로 굴러가는 타이어…… 유전적 특성에 관한 기사, 그리고 작은 장난감 자동차를 입에 물고 있는 내 사진을 오늘 아침에 다시 들여다보았다. 내 시선은 몇 페이지를 건너뛰어, 자기 아버지 무릎에 앉은 마가렛 샐린저의 사진에서 멈추었다. 우리에겐 약간의 공통점이 있다. 샐린저*는 뉴햄프셔의 자기 저택에 칩거해서 살았다. 그가 서른 살 이후에 쓴 작품은 찾아볼 수 없지만, 그것이 침묵을 뜻하는 것은 아니다. 열댓 권의 미발표 소설이 금고

---

* 마가렛의 아버지 Jerome David Salinger(1919~)를 가리킨다. 그는 전후 미국문단의 걸작 『호밀밭의 파수꾼』(1951)의 저자이다.

안에 보관되어 있으리라 추정된다. 아빠 무릎에 앉은 어린 딸이 나라고 상상해보려 했으나 잘 되지 않았다. 마치 내 뇌 속에는 아예 '가족사진' 칸 자체가 말소되고 없는 것 같았다. 사진 속의 샐린저는 입을 벌리고, 뭔가를 설득시키려고 설명을 한다. 딸을 똑바로 쳐다보고 있다. 마가렛은 뿌루퉁한 표정으로 두 손을 비비꼬면서 열심히 듣는다. 아마도 딸에게 세상이 시작된 이야기를 하는가보다. 혹은 이따가 가뿐하게 산책을 나가려면 지금 낮잠을 좀 자둬야 한다고 타이르는 중인지도 모른다. 어쨌든 좋은 아빠의 모습이다. 게다가 거실에서 영사기로 돌리던 히치콕의 영화들과 필름이 빠졌을 때 영사기에 부딪치며 내던 소리, 마이애미 수족관에서 돌고래와 플라스틱 원반던지기 놀이를 했던 일, 주크박스에 아낌없이 동전을 집어넣던 일처럼 줄줄이 이어지는 감미로운 추억들도 있다. 하지만 즐겁거나 침울한 이런 초상화와는 별도로, 딸의 펜 끝에서는 그의 색다른 면모가 그려진다. 신(新)불교에서 사이언톨로지에 이르기까지 광신적 신앙들 사이를 떠돌면서, 가족들에게 이쑤시개로 침술을 강요하고, 측근의 어떤 불찰도 참지 못하는 불길한 영적 지도자의 모습이 그것이다. 마가렛 샐린저는, 자기 아버지의 세계에선 여하한 결점도 배신에 해당하는 것은 물론이고, 그런 결점을 지닌 자는 쓸모없는 인간으로 치부된다고 쓰고 있다. 또 아버지가 틀어박혀 집필을 하던 오두막집에 대해서도 언급한다. 아주 어릴 때부터 자신이 아빠에게 점심을 날라다주었는데, 아버지는 딸이 책상 위에 어지럽게 널려 있는 것들을 보지 못하게 금할 필요조차 없었다. 마가렛은 아버지의 메모 한 자도 읽은 적이 없었으니까. 혹시 실수로 메모를 보게 될까봐 얼른 시선을 돌리곤 했으니까. 거실에서 소설 제목들을 몰래 힐끔거리던 내 모습이 다시 떠오른다. 딸이 자기 책을 읽는다는 게 샐린저에게 무엇이었을지 쉽게 짐작이 간다. 가족에게 병적인 신중함을 강요하던 그였으니까. 무엇이 딸의 삶에 불화를 초래하게 될지는 불을 보듯 뻔하다.

누가 알겠는가, 그것이 바로 그녀가 찾던 것, 아버지와 말을 하지 않으려는 핑계였을지? 마가렛 샐린저의 증언에서 내가 시간을 끌고 있는 이유도 나 자신이 아버지와의 불화를 오랫동안 주장해왔기 때문이다. 아버지에 대한 내 생각을 상세히 밝혀야 했던 경우에, 나는 아버지의 정치적 성향뿐만 아니라, 더 시시콜콜하게 아버지가 책에서 여자들에 대해 말하는 방식, 그리고 무기와 제복과 경주용 자동차―내게 너무 낯설게 느껴졌던 이 모든 것들―에 대한 아버지의 애정을 거론하곤 했다. 청년기의 나로서는 받아들이기 힘든 것들이었다. 결정적으로 로제 니미에는 우리가 백지화하려는 과거에 속한 인물이었다. 우리가 시위를 하면서 "경찰, 파시스트, 살인자"라고 외칠 때마다, 나는 내 출신이 들통 나지 않기만을 마음속으로 빌었다. 왕당파 아버지라, 그건 딸에게는 끝장이었다. 그래도 나는 아버지의 입장을 미묘하게 바꿔 말하거나, 이럴 때 유용하게 써먹기 좋은 "우파 무정부주의자"라는 지칭을 새삼 들먹여가며 언제든 나 자신을 변호할 수 있었으리라. 하지만 만일 『학살을 위한 소동』의 저자인 비열한 루이-페르디낭*이 나를 자기 무릎에서 뛰놀게 했다든가, 한술 더 떠, 내가 메동**에 갔던 기억을 멋진 추억으로 간직하고 있다는 사실을 남들이 알게 된다면 과연 내가 뭐라고 대꾸할 수 있었을지?

이런 확신(불화에 대한 생각)이 정치적 논지나 그 시대와 관련된 여타의 가변적 의견들과 전혀 상관없이 내 마음에 심어지게 된 원인이 요즘에야 이해되는 것 같다. 더 깊은 속내에는 청년기의 참여 시절에 차마 입 밖에 내지 못하던 이런 생각이 있었던 것이다. 자식을 없애려는 아버지보다, 사랑하는 엄마 품에서 자식을 떼어놓겠다고 위협하는 아버지보다, 소파를 칼로 찢는 아버지보다, 자기 아내를 목 졸라 죽이려 한 다음날 장미꽃을 한

---

* Louis-Ferdinand Céline(1894~1961) : 반유대주의를 표방했던 프랑스의 의사이며 작가. 작품에 나타난 혹독한 절망, 도덕불감증, 분노와 외설로 인해 그의 세계관은 비난의 대상이다.
** 파리 센 강 좌안의 도시. 셀린이 죽을 때까지 살았던 곳이다.

아름 사들고 오는 아버지보다, 죽은 아버지가 더 낫다.

혹은 방금 새로 시트를 갈아 끼운 침대에서 동맥을 자르는 아버지보다 낫다.

어디 그 이야기를 해보자. 내가 미국에서 했던 결혼만큼이나 순결해 보이는 하얀 시트. 그 시트가 욕조에 담가진다. 세탁기를 들여놓기 훨씬 전에, 장대높이뛰기 선수의 사진이 벽장문에 붙여지기 훨씬 전에 일어난 일이다. 하얀 시트에서 붉은색이 가느다란 실처럼 풀어져 나온다. 욕조에 손을 넣으니 물이 차갑다. 물을 약간 휘저어본다. 분홍색 구름이 천 위로 올라온다. 내 잠옷 소매가 젖었다. 벽에 걸린 목욕 가운에 팔을 문지르는데 가운이 떨어진다. 하지만 키가 작아서 다시 걸지 못한다. 전화로 누군가에게 말하는 엄마 목소리가 들린다. 아무튼 말소리가 들린다고 상상한다. 왜냐하면 진짜로 확실한 건 아무것도 없을 뿐 아니라, 요즘 들어 모든 게 내가 재구성하거나 연출한 것이라는 느낌이 부쩍 들기 때문이다. 목욕탕 쓰레기통 안의 무엇이 내 눈길을 끈다. 면도날이다. 아니, 나는 아직 모른다. 이 흔치 않은 물건을 지칭하는 단어를 모르고 있다. 나는 그것을 집고 싶은데, 쓰레기통을 뒤져서는 안 된다는 것쯤은 알고 있다. 지금 칸막이 저쪽에, 침실에 아버지는 없는 것 같다. 아마도 병원으로 데려갔으리란 생각이 든다. 오빠들에 대한 기억은 전혀 없다. 오빠들은 세상모르고 자고 있었을까? 그 일이 터진 게 한밤중이 맞나? 엄마는 내가 그 장면을 보지 못했으며, 욕조에 담긴 시트나 면도날은 더구나 보지 못했다고 확신하신다. 엄마가 아버지에 대해 내게 해준 마지막 이야기가 자살기도였다. 그전까지는 어느 누구에게서도 그 이야기를 듣지 못했다. 헌데 그렇다면, 내가 아무것도 보지 못했다면, 내 기억에 떠오르는 장면은 어떻게 설명할 수 있을지?

생케포르트리외에서 유모가 자기 남자친구와 나누던 대화도 기억나는데, 그건 또 어떻게 설명할 수 있을지? 유모가 한 말은, 아무런 고통도 느끼지 않으려면 손목을 물에 넣고 혈관을 자르면 된다는 것이었다. 빵이나 파 한 단을 자르듯이 그렇게 자기 손목의 혈관을 자르면 된다고 강조했다. 예를 들면 목욕을 하면서 말이다. 그 방에 있던 사람들의 위치까지 정확히 기억난다. 나는 쿠션을 베고 소파에 누워 잠든 척하면서 실은 두 사람의 대화를 하나도 빼지 않고 낱낱이 귀담아들었고, 유모는 창가에, 문제의 남자친구는 손님용 안락의자에 앉아 있었다. 그 장면이 그해 여름의 유일한 기억으로 남아 있다. 내가 그 문제에, 뭐랄까, 민감하게 촉각을 곤두세우지 않았다면, 어째서 이 대화를 기억해두었을까? 유모의 친구인 그 남자는 "사실이야, 수도꼭지를 틀어놓고 혈관을 자르면 아프지 않대"라고 맞장구를 친다. 아픈

가, 아프지 않은가, 그것이 죽음의 순간에 제기되는 문제라는 듯이.

내가 대체로 칼이라면 다 무서워하지만 유난히 면도날을 두려워하는 이유, 그리고 언제나 손목을 보호하는 행동을 대체 어떻게 설명할 수 있을지? 마르탱 오빠는 내 약점, 즉 나의 아킬레스건을 찾아냈다. 그래서 나를 골려주고 싶을 때면 집게손가락으로 예리한 칼날 흉내를 내며 팔뚝을 긋는 시늉만 하면 되었다. 오빠는 그짓을 아무 데서나, 가장 예기치 않은 순간에, 가령 밥상머리에서나, 등굣길에, 혹은 엄마가 말을 하는 도중에 하곤 했다. 그짓은 매번 효력을 발휘했다. 오빠는 아버지로부터 뒤마의 작품들과 열일곱 권짜리 라루스 사전만 물려받은 게 아니었다. 아버지 친구분들이 여기저기서 귀띔한 바 있는, 가학적 행동을 다반사로 일삼는 특출한 재능 역시 물려받았는데, 사소하지만 끔찍한 이 결점은 오빠가 아버지의 제품임을 나타내는 상표처럼 여겨졌다. 하지만 그런 행동은 언뜻 보기에는 전혀 몹쓸 짓으로 비치지 않았고, 아무튼, 다른 사람들 눈에 오빠가 심술쟁이로 비칠 만큼 고약한 구석은 없었다. 오빠가 이따금 잘난 척을 해보이기엔, 귀염둥이 막내딸인 나야말로 환상의 고객이 아닐 수 없었다. 오빠는 내 단짝 친구(햄스터를 준 친구)에게 슬쩍 정보를 흘리고선 그 정보를 조금씩 우려먹었는데, 아무리 조금씩일망정 오빠의 태도는 지금 생각해도 소름이 끼칠 만큼 뻔뻔스러웠다. 뜨개질을 배운 뒤로 나는 이 세상과 세상에 존재할 가상의 위험들에 대비할 목적으로 털실로 넓적한 팔찌를 떴다. 갖가지 색깔의 팔찌들을 떠서 옷 색깔에 맞춰 끼었다. 모두들 예쁘다고 했고, 나는 팔찌를 낀 만큼 위험에 덜 노출된 셈이었다. 내게는 가죽으로 만든 손목보호대도 있었는데, 돌에 조각할 때 쓰라고 누가 약국에서 사다준 것이었다. 나는 그것을 즐겨 끼곤 했다. 요즘은 작업할 때 키보드 아래쪽에 두 손목을 납작하게 붙이고 자판을 두드린다. 내 피부와 플라스틱 사이에 아무것도, 종이 한 장도 끼어들지 못하리라는 느낌이 좋아서다. 종이도 살을 벨 수 있으니까. 책상 위에 커터가 열린 채로 굴러다니는 걸 보면 견딜 수가 없다. 커터를 사용하는 일조차 힘들다. 정 필요할 때만 사용하곤 최대한 잽싸게 다시 책상 서랍 속에 집어넣는다. 밤에도 나는 두 손을 구부리고 잔다.

그렇다고 하더라도, 내가 센 강에 투신했던 일은 어떻게 설명할 수 있단 말인가? 그건 아무도—나마저도—납득할 수 없는 사건이었다. 그 일을 지금 장황하게 떠벌릴 마음은 없지만, 몸통만 가리고 깃털은 내보이는 꼴이 되지 않으려면, 최소한 언급 정도는 해야 할 것 같다. 내가 막 스물다섯 살로 접어든 때였다. 바르비투르*를 네 갑이나 삼킨 다음에, 한밤중에, 나는 알마 교(橋)

145

에서 뛰어내렸다. 실연을 한 것도 아니고, 건강도 좋았고, 미국
뮤지컬 극단에서 일도 하고 있었고, 그래서 우리 모두가 순조롭
게 지내던 때였다. 그런데 왜 끝장을 내야 한다는 확신이 들었을
까? 끝장을 보려는 이유가 다름 아닌, 만사가 순조로워서, '아직
도' 순조로워서, 마치 가장 좋은 순간에 떠나야 한다는 듯이, 추
락은 상상조차 할 수 없어서였을까? 강물에 철썩 부딪친다는 느
낌이 들었고, 몇 초 후에 나는 정신을 잃었다. 혼자 속으로 나를
타일렀다. 버둥거리지 마라, 꼼짝 마라, 그냥 너를 흘러가게 놔
둬, 곧 아무런 느낌도 없을 테니까. 나는 병원에서 깨어났다. 내
몸에 여러 개의 관들이 연결되어 있었고, 그렇기 때문에 고통스
러웠다. 옆 침대의 나이 든 부인이 사타구니에 손을 찔러넣고 신
음소리를 내고 있었다. 어쨌든 나는 모든 가능성을 고려하여 다
리에 자동차가 한 대도 지나가지 않는 순간을 용의주도하게 기
다렸다가 센 강으로 뛰어내렸다. 긴치마에 벨벳 코트까지 입은
거추장스런 차림새였다. 그 옷들이 침대 옆 옷장에 걸려 있었는
데, 말라서 뻣뻣했다. 한없이 길게만 느껴지던 시간이 지나고 간
호사가 병실로 들어왔다. 그녀는 내 옷을 가리키면서, 대체 어
디를 가는 길이었기에 이런 옷차림을 했느냐고 물었다. 호사스

* 진정제 또는 수면제.

146

런 차림새로 미루어 혹시 파티에 가던 길이 아니었는가 묻는 것이겠지. 그래, 맞다, 파티, 어떤 의미에서는 그렇지. 하지만 설명할 기운이 없었다. 몹시 갈증이 났다. 간호사는 누구에게 연락하면 되느냐고 물었다. 나는 엄마와 친구의 전화번호를 일러주었는데, 숫자를 발음하면서 비로소 내 시도가 실패했음을 깨달았다. 내 핸드백에 들어 있던 내용물만 센 강 밑바닥으로 가라앉고 말았다. 주민등록증, 담배 한 갑, 몹시 아끼던 일본제 새끼 고양이 부적. 택시기사가 알마 교 어느 쪽에 내려주면 되느냐고 물었을 때, 나는 "어느 쪽이든 상관없어요" 라고 대답했고, 그 말에 혼자 미소를 지었는데, 기사는 아무런 눈치도 채지 못했다.

자살에 대한 생각을 처음 하게 된 것은 아일랜드에서였다. 아마 열한 살이나 열두 살쯤 되었을 때였다. 나는 절벽 위에 앉아 있었다. 바람 한 점 없고 물보라조차 일지 않아 경관은 그저 적막했고, 멀리 배들이 몇 척 보일 따름이었다. 바다, 그리고 텅 빈 해변으로 밀려와 스러지는 파도뿐이었다. 어떻게, 왜, 그런 생각이 들었는지 모르겠다. 그저 아래로 떨어지고만 싶었다. 죽고 싶은 강렬한 욕망에 사로잡혔다.

나는 오늘 로제 니미에에 관한 한 친구의 증언을 다시 읽는다.

사건 발생 몇 달 전에, 그들이 아일랜드 바닷가에서 함께 보냈던 1962년 여름의 일주일에 대해 말하고 있다. 그때 나는 어디에 있었을까? 노르망디? 생케포르트리외? 아일랜드란 지명은 우리 아버지의 마지막 바캉스 장소로 내 뇌리에 깊이 새겨져 있다. 아일랜드는 허공으로 몸을 던지기만 하면 역사를 전복시킬 수 있다는, 뒤집을 수 있다는 확신과도 같다. 만일 아버지가 돌아오지 못한다면, 내가 아버지에게 갈 수는 있으리라. 아버지의 것인 죽음을 나는 마치 엄마가 빨려고 가져가버린 낡은 토끼털 외투나 꾀죄죄한 담요—아침에 일어나 자기 물신(物神)의 냄새를 맡지 못하자 어린애는 울음을 터뜨린다—처럼 끌고 다녔다. 죽음이 좋은 것인지 나쁜 것인지는 문제가 되지 않는다. 위험한 아빠를 사랑하든지 말든지 문제가 되지 않는다. 아빠와 사이가 좋든 나쁘든 그것도 문제가 되지 않는다. 정작 문제는 함께한다는 것이다. 부재, 두려움, 고통, 이런 것들과 함께하는 것이다. 최악은, 기자가 강조했듯이, 금고에 넣어버리는 것이다. 최선은, 꽃다발을 만들듯이, 조합하는 것이다.

트럭은 빨간색이었고, 그렇기 때문에 그 차를 보지 못한다는 것은 불가능했다. 새빨강, 아버지의 유언장에 기재된 아스통 마르탱의 색깔이다. 내가 지금까지 운전을 잘했기 때문에 감독관은 만족한 듯싶었다. 나는 세번째로 운전면허 시험을 치르는 중이었다. 그런데, 마지막 로터리 안에 진입한 새빨간 트럭이 눈에 들어왔다. "어떻게 저 트럭을 보지 못했단 말입니까?" 나는 좀 거짓말을 했다. 내가 막 브레이크를 밟으려는 순간 감독관이 앞질러 제동을 걸었다고 말했다. 하지만 천만에, 솔직히 말해 나는 트럭을 보지도 못했다. 그리고 말이 나왔으니 말이지만, 사건 발생 당시 로제 니미에의 자동차는 빨간색도 아니었다. 아버지가 밤색으로 칠을 바꿨기 때문이다. 그런데도 신문에선 자기네가 원하는 대로 차 색깔을 진짜로 빨간색이라고 묘사했다. 그래서 아스통 마르탱은 내게도 오랫동안 그렇게 기억되었다. 마치 아빠의 몸 내부와 아빠가 자신을 위해 선택한 외피, 피(血)와 차체(車體), 그 둘 사이의 긴밀한 관련, 완벽한 상관관계가 존재한다는 듯이. 이런 필연적인 압축은 다른 사람들의 글에서 극히 빈번하게 '운명'이나 '숙명'이란 단어로 지칭된다. 지금도 다른 색깔의 자동차를 상상하기란 마치 제임스 딘이 파이프 담배를 피웠다고 말하는 것만큼이나 어색한 일이다. 밤색이라니, 그건 확실한가? 전설이란 끈질긴 것이어서 현실의 힘이 미치지 못하는 장소에 지문을 남긴다. 전설의 손가락이 스치기만 해도 정신은 진창 속으로 빠져든다. 하지만 맞다, 밤색, 땅 색깔이며 똥 색깔이다. '바가지 쓰다' '함정에 빠지다'라는 의미의 'être marron'의 'marron(밤색)', 이 경우는 집단적 투사가 이루어진 색깔이다.

받은 편지함의 발신자 목록 상단에 오래전에 연락이 두절된 소설가 친구의 이름을 발견하고 나는 무척이나 기뻤다. 그는 내 안부를 물었다. 그의 메시지에는, 널 걱정하는 게 아니야, 걱정했던 적도 없어, 하지만 적어도 네가 편안하게 일을 잘 하는지 알고 싶어서 그래, 라고 씌어 있었다. 하나의 문장, 그것은 의복 같은 것이다. 옷이 등을 쿡쿡 찌르거나 소맷부리가 거북해도 안 되고, 너무 부자연스럽거나 꼴사납게 보여도 곤란하다.

꼴사납게 보인다고, 그래, 가끔은 그렇지. 부자연스럽게 보일까? 그렇지는 않다. 지금 내 머릿속엔 이번 가을에 '페름 뒤 뷔송'*에서 공연했던 연극의 독백 대사가 떠오른다. 주인공이 어린 여동생의 죽음을 떠올린 연후에 했던 말이다. "너는 비장할 테지, 내 동생, 이 불쌍한 것아."

여배우의 목소리가 들린다. 눈길을 들어 하늘을 바라보는 모습, 비웃음을 짓는 표정이 눈에 선하다. 몸을 일으키면서 그녀는 이렇게 덧붙였다. "하지만 아무도 그 사실을 모를 테지, 어느 누구도. 난 기욤 도랑주의 신조를 철두철미 따르겠어. 내가 이어갈 거야."

이어감, 그것은 사랑하는 사람의 죽음에 대해 말할 때 모종의 의미를 지니는 것일까? 물론 그렇다. 우리는 아주 어릴 때부터 어른들의 대화를 들으며 그렇다고 배운다. 아무개의 사촌누이가 제 아들을 잃고도 어떻게 놀라운 용기를 보여주었는지 알게 된다. 의젓함, 품위를 지키기. 감정을 노골적으로 드러내지 않기. 자기 연민에 빠지지 않기. 특히 신세 한탄을 하지 말기, 아, 그것은 최악의 취향이므로 절대 금물이다. 혹시 어떤 문장 때문에 몸이 근질거리고 닭살이 돋는다 해서 그 문장을 치워버려야 할까? 예법을 떼어버리는 것으로도 충분하지 않을까? 문장 구성을 잊어버리면 되지 않을까? 전체 이야기에 억지로 꿰어 맞추려 들지 말고, 차라리 나오는 대로 말을 뱉어버리면 되지 않을까?

나는 친구에게 긴 답장을 보냈다. 마치 나 자신을 안심시키려

---

* Ferme du Buisson : 프랑스 마른라발레의 국립극장.

는 것처럼 이렇게 썼다. 나는 작업을 진전시키고 있다, 아니, 보다 정확히 말하자면 내가 진전시키는 게 아니라(이 점을 방금 확인했다) '그것'이 진척되고 있다. 이미 어떤 단어들은 전혀 내게 속하지 않을뿐더러, 나와 상관이 없어지기 시작한 규칙에 따라 반복되면서 다른 곳에서 자신의 삶을 살고 있다는 듯이 말이다. 그리고 내가 최근에 아들 녀석들과 겪은 일들, 즉 숲속에 장난꾸러기들의 오두막을 짓게 된 자초지종도 썼다. 애들이 까마귀 커플인 조니와 자네를 어떻게 길들이게 되었는지, 우리가 식탁에 앉으면 놈들도 채소밭 담장 위에 앉았다가 식사가 시작되면 뒤뚱거리며 다가온다든가, 하는 따위의 이야기도 썼다. 하지만 경매에 관해선 말할 용기가 나지 않았는데, 그 이야기만은 지금까지 아무에게도 털어놓지 않았다. 우선 매각된다는 생각에 익숙해질 필요가 있다. 아이들이 까마귀를 길들인 것처럼 나도 그 생각을 길들이지 않으면 안 된다. 이 모두가 지난 화요일, 읍내의 신문 가판대 상인의 눈빛이 반짝일 때부터 시작되었다. 그는 내게 보여줄 것이 있는데, 나를 위해 따로 보관해두었노라고 했다. 다른 손님들이 모두 가버릴 때까지 기다렸다가, 그는 잠시 판매대 밑으로 사라졌다. 머리칼이 부스스하게 헝클어진 모습으로 다시 나타났을 때, 그의 두 손에는 마치 사냥 기념물처럼 『라 가제트』의 특별호인 『수집가를 위한 라 가제트』 한 부가 들려 있었다.

표지에 실린 동물은 나무에 조각된 포효하는 사자나 커다란 수사슴이 아니라 씹은 껌처럼 울퉁불퉁한 모양의 녹색 옥에 값진 보석을 박아 만든 개구리 한 마리였다. 그것을 보자 사망 당일 저녁에 아버지가 누군가와 약속이 있었다던 식당이 생각났다. 아무리 정보에 훤한 가판대 주인이라 해도 설마 로제라그르 누이유를 알 리는 없었다. 그렇다면 그가 『라 가제트』 특별호를 받자마자 내 생각을 하게 된 이유가 대체 무엇일까? 나는 수집가는커녕 그 정반대이다. 전혀 보관을 즐기지 않는다. 소유 자체를 싫어한다. 아버지가 없는 아이의 특성일까? 텅 비면 마음이 놓이지만 가득 차면 불안해진다. 단지 거실 선반에 늘어가는 장식품뿐만 아니라, 그저 집 안에 쌓이는 식품이나 살림살이도 마찬가지다. 사람들이 벽장을 채울 셈으로 사들이는 물건의 양에 나는 경악을 금치 못한다. 마치 벽장 스스로가 당연히 자기 몫을 요구하고, 배고픔을 느끼고, 명령을 내리며, 광고를 본다고 믿게 될 정도이다.

나는 그 잡지를 집어들고 뒤적이기 시작했다. 주요 기사는 개구리 수집가의 집에 관한 것이었다. 그의 집에는 양서동물인 그의 마스코트가 쿠션 의자, 비데, 손전등을 위시해서 개구리 모양으로 가지치기한 정원의 회양목에 이르기까지 온갖 품목으로 만들어져 도처에 널려 있었다. 내가 그 기사를 읽느라고 한참 동안 꾸물거리자, 가판대 주인은 몇 페이지를 넘겨 경매란을 좀 보라고 권했다. 거기엔 배에서 찍은 사진 한 장이 실려 있었다. 카메라 렌즈가 정면에서 잡은 한 젊은이가 있고, 그의 눈은 책에 가려 보이지 않는다. 사진 설명을 보니 내 직감이 빗나가지 않았음이 확인되었다. 그 청년은 바로 아버지였다.

아버지를 컬러사진으로 보는 것은 내 생전 처음이었다.

마음의 동요를 감추느라 나는 벽 쪽으로 돌아섰다. 전혀 예상치 못한 일이었다. 아버지 사진 중에는 자식들과 함께 찍은 사진도 없고, 전신사진(그런 사진들은 뒤늦게야 찾을 수 있었기 때문에, 어린 시절에 내가 알던 유일한 아버지 사진은 벽난로 위에 놓인 우울한 표정의 초상사진뿐이었다)도 거의 없다고 나 혼자 짐작했을 따름이다. 하지만 아버지의 사진이 전부 예외 없이 흑백사진이라는 데까지는 생각이 미치지 못했다.

낯선 목소리에 나는 소스라치게 놀랐다. 날카로우며 질질 끄는 목소리. 한 남자 손님이 내게 무슨 말을 건넸는데…… 그런데 뭐라고 했나? 내게 원하는 게 뭐지? 별일은 아니었고, 단지 나보고 옆으로 좀 비켜달라는 것이었다. 회전식 진열대 뒤편의 크로스워드 퍼즐 책자를 살펴보려 한다고. 나는 보던 잡지를 얼른 덮었다. 나와 관련된 지면에 눈을 바싹 들이대고 읽다 들킨 것이, 마치 아버지를 컬러사진으로 보면 음란한 짓이 되는 것처럼 거북하게 느껴졌기 때문이다. 주인은 내 입에서 무슨 말이 나오기를 기다리고 있었다. 나는 막연한 감사의 말을 우물거렸다. 내가 당황한 것을 실망한 것으로 이해한 그는 굳이 변명할 필요성을 느낀 듯했다. 내가 경매가 있다는 사실은 알고 있겠지만 『라 가제트』 특별호에 실린 기사 내용, 즉 아버지의 자필 원고 세 편과 한 친구에게 쓴 편지들이 경매에 부쳐진 사실은 모를 거라고 생각했다는 것이다. 나는 다시 감사를 표했다. 내가 얼이 빠져 있었던 것은 우선은 사진 때문이었지만, 수집가와 상인들이 파리 고급 주택가의 한 살롱에 모일 것이며, 그중 누군가가 남들보다 조금 높은 금액의 수표를 쓰기만 하면 아버지의 육필 원고를 자기 집으로 가져가게 된다는 생각에 정신이 온통 쏠려 있었다. 한순간 머릿속으로 손가락을 치켜드는 내 모습을, 경매에서 아버지의 유품을 되살 목적으로, 그들과 당당히 맞서 손가락을 까딱하며 가장 높은 가격을 부르는 내 모습을 그려보았다. 하지만 유난히 괴롭게 느껴지는 현실이 있을 뿐이었다. 나는 여유자금도 없고, 돈을 빌린다 해도 그만한 빚을 갚기에도 속수무책일 따름이었다. 그저 놓칠 수밖에 별다른 도리가 없었다. 사실 솔직히 고백하자면, 나는 이런 문서들을 소유할 마음도, 집에다 모셔놓을 생각도 없었다. 단지 아버지의 유품이 모르는 사람의 손으로 넘어간다는 사실이 언짢을 뿐이었다. 편지에는 무슨 내용이 씌어 있을까? 편지로 인해 어떤 사실이 드러나게 될까? 자기 사신(私信)이 아무에게나 팔리는 걸 좋아할 사람이 있을까? 최고입찰자 아무에게나?

집에 돌아오자 나는 서재에 틀어박혔고, 기사의 나머지 부분을 꼼꼼히 읽었다. 프랑크가 노크를 했다. 나는 읽던 잡지를 얼른 컴퓨터 뒤로 감추었다. 프랑크는 그저 외출한다고만 말했다. 저녁은 돌아와서 먹겠다고 했다. 경매에 나온 원고들 중에는 『슬픈 아이들』과 내가 제일 좋아하는 『낯선 여자』의 원고도 있었다. 기자는 세 권이 하나로 묶인 '대단히 이례적인' 책을 소개한 다음, 그 순서는 로제 니미에가 원했던 대로 자필 원고, 삭제된 페이지들, 그리고 타자된 원고 순이라고 설명했다. 이 원고들은 흰 점 무늬의 회색 장정으로 제본되었고, 장정을 들추면 드문드문한 빈칸에 소설 제2부에서 발췌된 문장이 손으로 다음과 같이 씌어 있었다. "그의 이름은 클라랑스, 좀 이상한 이름이었다. 그냥 그렇게 지어진 이름. 무척 잘생긴 작은 소년이었다."

아버지가 여주인공의 아들 이름을 그렇게 지은 데는 필시 무슨 영향을 받았기 때문이 아닐까 내심 의아했다. '그냥 그렇게 지어진 이름'이라고 썼지만, 아버지야말로 만사를 '그냥 그렇게' 받아들이던 분이 아니지 않은가? 열여섯 살에 동네 도서실의 책을 모조리 읽었다는 아버지가 작중 인물의 이름을 그저 직감에 의거해 지었다는 말이 아닌가? 나는 계속 읽어내려갔다. 편지는 모두 쉰여섯 통이었다. 수신인은 수집가인 친구(아버지와 아일랜드 여행을 함께 했던)로서 아버지와 동시대 작가이며 해양학에도 열성을 보였던 애서가(愛書家) 브르통*이었다. 그는 아버지의 것과 똑같은 스포츠카를 가졌지만 병으로 죽은 것으로 미루어 운전은 훨씬 덜 위험하게 했던 것 같다. 브르통이 소장했던 희귀본 도서들 역시 상속인들이 경매에 내놓았다. 경매에 나온 것 중 악착같이 매달려봄 직한 인기품목은,『라 가제트』에 나와 있듯이, 일반적으로 작품집을 약간 상회하는 분량인 1565장에 달하는 루이-페르디낭 데스투슈, 일명 셀린의『북부』원고이다. 바로 이 셀린이, 되풀이 말하지만, 자신의 젊은 편집인의 어린 딸 마리를 무릎 위에서 뛰어놀게 했던 장본인이다. 셀린의 말을 그대로 인용하자면, 그는 마리가 무척 매혹적이고 몽상적이라고 생각했다. 때는 봄이었고, 내가 곧 세 살이 되려는 무렵이었다.

셀린이 로제 니미에에게 보낸 편지에는 이렇게 씌어 있다. "그애를 다시 보고 싶군요. 그애는 날 꿈꾸게 만들지요, 그앨 사

---

* André Breton(1896~1966) : 프랑스의 초현실주의 시인.

랑해요, 얼마나 아름다운 눈인지! 아, 당신은 아직도 연인들이 자살하는 걸 말리겠지요!"

여담 삼아 『라 가제트』 기사에 실린 수집가의 딸의 인터뷰 이야기를 해보자. 나는 그녀가 『북부』 원고를 처분하면서 전혀 섭섭해하지 않는다는 사실을 알게 되었고, 그 사실에 상당히 흥미를 느꼈다. 그녀는 그 원고가 언짢은 기억만을 떠올린다고 말했다. 그녀는 아버지에 대해 공공연하게 적대적인 기억을 드러냈는데, 아버지가 입었던 짐승가죽 조끼를 묘사하면서 그것이 "아버지의 발밑에 엎드린 두 마리 셰퍼드의 벗겨낸 껍질"을 연상시킨다고 할 정도였다.

그녀는 또 이렇게 덧붙였다. 셀린은 증오를 표현하기 위해서만 의사소통을 했으며, "또 애새끼로군, 또 부르주아 애새끼야, 애들이라면 딱 질색이라니까!"라고 투덜거리곤 했다는 것이다.

그로부터 며칠 후, 나는 문제의 그 딸에게서 짧막한 편지를 받았다. 그녀는 내게 아버지의 편지들이 매각된다는 사실을 알리면서, 그것들이 흩어지기 전에 파리에 와서 열람하지 않겠느냐고 친절하게 제안했다. 나는 즉시 약속을 잡았다. 나는 좀 일찍 도착했다. 안내를 받아 들어간 홀에는 나무탁자들과 서류가 든 쇼케이스들이 있었다. 편지들은 재분류되어 우아한 파일 안에 들어 있었다. 편지지로 사용된 용지는 마르틴 카롤*의 사진, 외설적인 그림들, 피에로 구르망 막대사탕 포장지를 위시해서, 특급호텔의 종이에서부터 당시의 푸른색 전보용지에 이르기까지 매우 다양했다. 내가 읽은 첫번째 편지는, 방돔 광장에 있는 인공 음경 제조회사인 보다르 사(社)의 대표이사인 앙리 보다르의 이름이 서명된 장난 편지였다. 나는 그 편지를 베꼈다. 마치 내 필체로 단어들을 다시 쓰면 그 단어들이 내 것이 되거나 혹은 — 이 편이 훨씬 낫겠는데 — 원래 편지지에서 사라지거나, 종이 안으로 빨려들어가 편지를 백지로 만들 수 있을 것만 같아서였다. 앙리 보다르의 편지 내용은 이러하다. "1월 10일경, 일명 로제니미에, 귀하가 주문하신 기계는 사용설명서와 함께 공급될 것입니다. 처음 사용하실 때 불편을 겪지 않도록 실연(實演) 판매원도 함께 갑니다. 귀하께서 판매원 아가씨를 사흘 이상 집에 두고 싶으실 경우, 낮에는 45프랑, 야간에는 55프랑의 요금이 청구될 것입니다. 귀하께서 설명서대로 사용하시더라도 인공 음경의 과도한 사용은 자제하실 것과 실연 판매원 아가씨들의 나이가 절대 열여덟 살을 넘지 않는다는 점을 개인적으로 강조하는 바입니다."

그리고 의례적인 인사말이 있었다.

---

* Martine Carol(1920~1967) : 브리짓 바르도 이전(1956)까지 섹스 심벌로 이름을 날렸던 프랑스의 영화배우.

몇 페이지를 더 넘기자, 쿵짝을 맞추듯 하트 모양으로 구멍이 뚫린 전철표가 나왔다. 그 다음에는 상단에 NRF라고 찍힌 누렇게 바랜 종이에 쓰인 편지가 있었다. 내가 태어난 다음날인 8월 27일자 편지였다. 아버지는 그 당시 루이 말* 감독과 함께 〈사형대의 엘리베이터〉의 시나리오 작업을 하던 중이었다. 나는 편지 내용을 읽으려고 혼자가 되기를 기다렸다. 마침내 심호흡을 한 다음 읽어내려가기 시작했다. 기쁨을 오랫동안 음미하려고 천천히 리본을 풀고 선물을 열듯이 말이다. 아버지는 이런저런 이야기를 늘어놓고 난 연후에, 내 출생을 이렇게 알리고 있다.

"결국, 어제 아내가 딸을 낳았네.

나는 즉시 그애를 센 강에 처넣어버렸어. 더이상 그애 이야기를 듣고 싶지가 않거든.

조만간 또 연락할게.

로제 니미에"

---

*Louis Malle(1932~1995) : 프랑스의 영화감독.

우리 형제들의 요람을 돌보는 요정들의 태도는 때로 친절하지가 못하다. 젖먹이였던 오빠의 관자놀이를 겨눈 권총이 다시 떠올랐고, 그리고 위협이 다가오자 바로 센 강으로 투신했던 내 자살기도가 떠올랐다. 그것은 마치 내가 아버지의 명령을 이십오 년이 지나서 실행에 옮기려 했던 것처럼, 부모에 대한 자식의 무조건적인 신뢰심에서 아버지의 명령을 곧이곧대로 받아들일 목적으로 그랬던 것처럼 느껴졌다. 그것은 사전에 계획된 단순한 행위, 남들이 취침기도를 암송하듯 밤이면 잠들기 전에 내가 반복해서 그려보던 행위였고, 절망적인 몸짓이라기보다는 외부에서 부여받은 임무에 더 가까운 행위였다. 미국의 어느 안무가는 행동으로 옮기는 유일한 방법은 행동하는 것이라고 말했다.

나는 바로 그렇게 했다. 나는 다리의 난간을 넘었다. 마침 배로 순찰중이던 야경이 어두운 물 속에서 허우적대는 무엇을 보았다. 그 사람 덕분에 지금 나는 내 삶의 2부를 살고 있다.

내 출생을 알린 야릇한 방식과 내 자살기도 사이의 일치, 우연의 일치라 불러야 할 그것은 내게 슬픔보다는 충격을 남겼다. 내가 느낀 감정은 깨달음—눈이 환해짐, 계시를 뜻하는 일본어 '사토리'—인 동시에 씁쓸함과도 흡사했다. 나는 파일을 접었고, 내게 자료를 가져다준 젊은 남자에게 감사의 말을 한 다음 그곳을 떠났다. 그가 나를 껴안아주었더라면, 내 머리칼을 손으로 어루만져주었더라면 얼마나 좋았을까. 이제 모든 일이 잘될 거라고, 가장 힘든 일은 이미 지나갔다고 말하듯이 그렇게.

8월 27일자 아버지의 편지를 읽고 난 이후로 며칠은 생각보다 훨씬 더 평온하게 지나갔다. 그 일에 관해서 프랑크에게 길게 이야기하고 나니, 내가 매각 고지(告知) 기사를 읽고 있을 때 그가 서재에 불쑥 들어와서 느꼈던 거북함도 사라졌다. 무엇이 슬며시 제자리를 잡았기 때문이리라. 어제 아버지 꿈을 또 꾸었다. 아버지가 파리의 어떤 건물 지붕 위에 서 있었다. 포도주가 든 크리스털 병을 들고 있었는데, 마개가 빠져 내 발밑에 떨어져 깨졌다. 나는 깨진 유리 조각들을 주워야 할지 어떨지 알지 못했지만, 아무튼 그 조각들이 어찌나 아름답던지 귀한 보석들 같았다. 나는 유리 조각에 베일까봐 겁이 났다. 눈길을 들었다. 그런데 지붕 위에 아버지는 사라지고 대신 이반 레브로프*가 있었다.

그가 용마루에 말을 타듯 걸터앉아 바이올린을 켜고 있었다.

나는 소스라치게 놀라 잠에서 깨었다. 나가서 아침을 차릴 시
간이었고, 아이들은 이미 자기들 방에서 옷을 입고 있었다. 욕실
쓰레기통에 들어 있던 면도날이 떠올랐다. 장 지오노**의 『지붕
위의 경기병』 생각이 났다. 미셸 투르니에***도 생각났다. 그는
자신의 작품 『성령의 바람』에서 옛 급우였던 로제를 "엄청나게
조숙한 뚱보였던 녀석은 전쟁이 끝날 무렵 배급받은 비타민이
첨가된 건빵을 끊임없이 먹어댔다"고 묘사했다. 꿈속에서 생탕
투안 거리로 짐작되는 인도를 걸어가는 내 모습이 보인다. 내가
태어나던 날 아버지는 병원에 들렀을까? 엄마는 내가 태어났을
때 아주 못생겼더라는 이야기를 즐겨 하시곤 했다. 엄마는 분만
실에서도 그런 느낌을 내색했을 테고, 그러자 혹시라도 산모가
나를 버리지나 않을까 노파심에서 산파는 "천만에, 아니에요,
아기가 얼마나 귀여운데요"라고 대답했을 것이다. 소위 말하는
인생의 첫출발이 내 경우엔 그랬다. 내가 난처했던 이유는 엄마
가 내뱉은 말 때문이 아니라, 일가친척들과 식사를 할 때마다 수

---

* Ivan Rebroff(1931~2004) : 「지붕 위의 바이올린」이란 곡을 불렀던 러시아계
독일 가수.

** Jean Giono(1895~1970) : 프랑스의 소설가.

*** Michel Tournier(1924~) : 프랑스의 작가.

년 동안 계속해서 엄마가 그 말을 하며 즐거워한다는 사실 때문이었다. 마치 엄마에게 옮겨 붙은 아버지가 이 일화를 통해 당신의 심정을 토로하는 것만 같았다. 만일 우리 엄마를 안다면, 가장 암담한 시련의 와중에서 엄마가 보여준 철석같은 믿음과 끔찍한 자식사랑을 안다면, 여기엔 엄마답지 않은 무엇, 엄마로서도 어쩔 수 없는 무엇이 있음을 이해할 수 있으리라. 경매에 넘겨질 자료들을 훑어보고 나와 길을 걸어가면서 나는 또다시 그 생각 속으로 빠져들었다. 내가 나 자신의 몸속을 떠다니는 기분이 들었다. 인도에서 또각또각 울리는 구두 굽 소리가 들렸다. 나는 혼자 속으로 말했다. "이 소리를 내는 건 바로 나야. 내가 또박또박 걷고 있어. 걸음걸이를 조절하고, 신중하게 발걸음을 떼고 있어. 아버지가 아니라고." 나는 한동안 어떤 젊은 남자 뒤에서 걸어갔다. 신사복 차림의 그 남자는 카미유라는 여자와 통화중이었다. 여자는 보나마나 애인이겠지. 그는 자기가 아침나절을 어떻게 보냈는지, 그리고 새로 생긴 자동판매기에서 뽑은 커피에 대해, 또 보고서를 월말까지 마치려면 부득이 집에 서류들을 가져가야 할 거라는 따위의 이야기를 했다. 그가 여자를 "여보"라고 불렀다. 그러자 정다운 호칭이 자동차들 한가운데를 둥둥 떠다녔다.

집에 돌아와서, 나는 『슬픈 아이들』 책을 찾으러 서재로 갔다.

그 책을 들춰보지 않은 지도 꽤 오래되었다. 내 머릿속에는, 그 날 아침 꽤나 황급히 훑어본 아버지의 육필 원고에서 본 동그랗고 힘찬 작은 글씨체의 기억이 남아 있었다. 그 필체에선 선량함이 느껴졌고, 이런 필체를 가진 사람이 아기에게 무기를 겨누다니, 그런 일은 도저히 있을 수 없다는 생각이 문득 들었다. 필적 감정사에게 글씨체 분석을 의뢰해보면 어떨까 싶었다. 나는 여태까지 텍스트와 그 의미에만 관심을 쏟았다. 그런데 글씨체, 그것이 지면에서 차지한 자리, 행간의 여백들이 지닌 리듬의 의미도 살펴봐야 하지 않을까?

이 소설의 출간 당시 아버지의 나이는 스물여섯 살, 내가 글을 쓰기 시작한 바로 그 나이였다. 『슬픈 아이들』의 주인공들은 내가 익히 아는 어딘가 주변인 같은 분위기마저 풍긴다. 나도 그런 시절을 보냈었다. 침울한 표정, 안절부절못하는 태도, 멍한 시선, 그리고 피가 나도록 물어뜯은 손톱. 이제는 이상을 추구하려면 더이상 허공, 즉 나부끼는 깃발과 조상(彫像)의 머리칼 사이의 어느 곳이 아니라 땅 위에서 찾아야 한다. 그래서 생각에 잠긴 그들의 표정은, 새로운 모험가인 그들 자신을 흡사 애늙은이처럼 보이게 만든다. 그들은 전쟁이 끝나면 글을 쓰거나 비누나

황산지(黃酸紙)를 만드는 일을 하게 될 위대한 젊은이들이다. 모두가 아버지의 어떤 책들을 싼 투명종이처럼 칙칙해 보인다. 하지만 모두가 동무들끼리 술을 마시고 매우 재치 있는 토론을 벌이며, 서로의 이야기를 듣고 자신들의 입에서 나오는 말들을 아주 흐뭇하게 관찰한다. 시무룩한 이런 아이들은 매력적인 꼭두각시를 신부로 맞아들이며 자기 여자의 존재를 아주 무시하고 바보 취급한다. 이것 역시 나름대로 삶의 스타일인 까닭에 사랑할 필요는 있다. 처음에는 건방지게 여겨지던 것이 사실은 미숙함에 지나지 않게 되고, 페이지가 넘어갈수록 냉소주의로 변하고, 그런 연후에는 비행기 사고나 자동차 사고로 바뀐다. 멀리서 바라본 전체, 오랜 세월이 지나 다시 읽어보니, 그것은 마치 소재가 고갈되고 창조력이 결핍된 소설 같았다. 마치 이미 모든 것이 죄다 말해진 것처럼 말이다. 말하자면 작중인물의 결혼과 그의 시대, 중산층에 대한 풍자, 간혹 냉혹한 감정으로 쓸어버리던 퇴폐와 권태, 너무 일찍 죽은 탓에 우리가 사랑할 수 없으므로 찬양하는 아버지, 유혹과 용기를 섞어 그럴듯한 칵테일을 완벽하게 만들어낸 엄마인 동시에, 올리브 한 알을 깨작이고 포르토를 홀짝이면서 손님들에게 다가가는 회색빛 옷차림의 엄마, 오른쪽 허리에 커다란 회색 리본이 달린 카트린의 회색 원피스, 도미니크와 그녀의 진회색 투피스, 진회색 장갑, 진회색 신발, 담

회색 스웨터와 거기 맞춰 친구에게 우편으로 주문하는 장식용 허리끈. 올리비에와 그녀의 우아한 회색빛 눈, 눈물이 흥건히 고여 글썽이는 두 개의 작은 늪, 이 모든 게 이미 말해졌다. 물론 내가 다 찾아본 것은 아니다. 책의 앞부분에도 회색 정장이 한 벌 나오지만, 다시 그 페이지를 찾아볼 용기가 나지 않는다. 나는 책을 읽다가 잠이 들었고, 손에서 책이 툭 떨어졌고, 그 바람에 잠이 깼다. 이번에는 나 혼자 이렇게 말했다. "세상에, 아버지는 이걸 쓰고 나서 선배들의 축복을 받으며 침묵으로 빠져버린 거로구나." 아버지는 grande nouille(대단한 얼간이)와 gourdiflote(멍청한 여자)라고 썼고, faire la foirinette(살짝 바람을 피우다)라 썼으며, 또 영어 단어들을 프랑스어화하여 회색 바탕에 장밋빛 터치를 주기도 했다. 나는 다시 문체의 아름다움과 이미지의 정확성에 매달렸다. 그렇게 하면 나의 출생을 알린 몇 줄이 지워지기라도 할 것처럼 말이다. 결국 어제 아내가 딸을 낳았네. 나는 즉시 그애를 센 강에 처넣어버렸어. 더이상 그애 이야기를 듣고 싶지가 않거든.

더이상 듣고 싶지 않은 것이 딸에 관한 이야기인지, 딸이 하는 이야기인지?

수치심, 이런 것을 수치심이라 불러야 한다. 이 문장을 내 머릿속에서 지워야 한다. 일주일 후면 이 편지가 낯선 사람의 수중으로 넘어간다는 생각을 잊어야 한다. 그 사람은 십중팔구 우리 아버지가 재치 넘친다고 생각하리라. 이 모두가 그를 미소 짓게 하겠지. 센 강에 처넣은 갓난아기와 인공 음경 제조인의 편지까지도.

며칠이 지나간다. 피곤하다. 내 안에 무엇이 잠복하고 있다는 느낌, 아마도 감기겠지, 나는 이불 밑에 감기를 품고 있다. 나는 창피하다. 매 맞은 아이가 부모를 창피하게 여기듯이. 프랑크는 오늘 아침 스트라스부르로 떠났다. 그는 새로 준비중인 전시회에 자기 동명이인들을 등장시킬 계획을 세우고 있다. 그 야심 찬 계획 때문에 집을 떠나 먼 곳에서 꼬박 몇 주일간 일을 해야만 한다. 나는 운전교습학원에 전화를 걸어 월말까지의 수강을 취소하겠다고 말했다. 전화를 받은 여직원은 군소리를 하지 않았다. 자갈 위를 걷는 발소리가 들린다. 틀림없이 아들 녀석들은 아니다. 그애들은 지금 파리에서 바캉스를 보내고 있으므로 주말이 돼야 올 것이다. 누가 현관문을 두드린다. 방에서 나갈 엄두가 나질 않는다. 나는 숨는다. 죽은 척한다. 누가 집 안으로 들어온다. 사촌언니, 분명 그럴 것이다. 언니는 주방 테이블 위에 짤막한 메모를 남길 것이다. 나는 내려가지 않은 것을 후회할 것이다. 헌데 무엇을 하려고 내려가지 않은 거지? 생각을 바꾸려고. 여름철에 어울리는 가벼운 차림으로, 쿡쿡 배기지 않는 옷으로, 소맷부리가 거북하지 않은 옷으로 갈아입듯이.

작가인 친구가 오늘 아침 내게 답장을 보내왔다. 그는 이제
막 자신의 소설—마지막에서 두번째 작품—을 다 읽었노라고
하면서, 사 년 전만 해도 그 책에 대한 자신의 두려움이 얼마나
심했던지 이웃사람에게 그 책을 출판사에 대신 전달해달라고
부탁할 수밖에 없었던 자초지종을 이야기하고 있다. 그는 책의
지면에 시선을 보낼 수도, 심지어 만질 수도 없을 만큼 두려움
에 사로잡혔다. 지면에 대한 두려움은 물리적인 공포였다. 그는
자신이 적어놓은 메모, 초고, 다른 판본들까지 전부 없애달라고
부탁했다. 그 책이 출간된 지 사 년이 지난 오늘에야 겨우 그 책
을 들추어볼 수 있었는데, 이제 그는 자기가 그 텍스트를 썼는
지조차 모르겠다는 거였다. 자기와 아무 상관이 없는 것처럼 느
껴진다고 했다.

앞 장(章)에서 나는 수집가가 아니라고, 수집가의 정반대라고 주장했지만, 실은 괴상한 수집품들이 내 책상 첫번째 서랍 안에 잔뜩 들어 있다. 책을 읽다가 우리 신체 부분들에 대한 언급이 나오면 나는 그 텍스트를 따로 모아두었다. 부위별로, 아래쪽부터 시작해서 발, 발목, 장딴지…… 이런 식으로 분류해놓았다. 마치 하나씩 제자리에 놓아가며 식탁을 차리듯이, 각 기관마다 따로 보관용 파일을 만들고, 사지(四肢)마다 해당되는 관계 자료를 첨부해가며, 끈기 있게 목록을 작성한다. 폴 발레리*의 어느 작품집 표지에 쓰인 이런 문장도 베껴놓았다. "사람은 표피

---

* Paul Valéry(1871~1945) : 프랑스의 시인.

에서만 사람이다. 피부를 벗기고 해부해보라. 여기서부터 기계
가 시작된다. 네 지식으로는 낯설고 불가해하지만 그럼에도 본
질인 실질 안에서 너는 갈피를 잃게 되리라."

　만일 내 작업이, 비록 가끔일망정, 발레리가 묘사한 파악하기
힘든 기계장치와 흡사하다면, 작업이 좀 진척되는 느낌이 들었
으리라. 하지만 천만에, 진전이 없다. 나는 읽고, 오리고, 분류한
다. 마치 바로 이 본질, 이 불가사의가 지나치게 불거지는 바람
에 표피를 유지하는 유일한 방법이 체계적으로 본질을 정중하게
수용하는 수밖에 없다는 듯이 말이다. 해체된 아버지의 몸을 그
런 식으로 재합성할 수 있다는 듯이, 유령과 함께 살 수는 없으
므로 아버지의 몸을 복원해서 먼 곳에 두면 된다는 듯이 말이다.
같은 생각에서, 어떤 문학적 계획에 쓸모가 있을지 확신도 없지
만, 오래전부터 나는 인간의 신체가 등장하는 표현, 속담, 격언
들에 관심을 기울여왔다. '쿠르부이용에 비장(脾臟)을 넣다'*,
'뒤집어진 위'**, 독일어로 '입을 처박고 넘어지지 않기', 즉 프
랑스어 표현으로 바꾸면 '잘 매달린 혀를 가지다'***와 같은 표

---

　* 쿠르부이용은 백포도주에 향료를 섞어 만든 수프, 혹은 그 수프에 넣어서 만든
　생선요리로, 이 속담의 뜻은 '걱정하다'.
　** '구역질 나는'.
　*** '수다스럽다'.

현들도 목록에 기입하고 분류해서 정리한다. '좁은 심장은 절대 넓은 곳에 있지 않다'*, '혀는 아픈 이 쪽으로 쏠린다', '털끝 하나에도 그림자가 있다', '과부들 있는 데서 네 페니스를 내보이지 말라' 같은 수백 개의 표현들이 전 세계에 널려 있다. 언급된 마지막 속담은 아주 뜻밖에도 이라크 속담인데, 속담사전에 이탤릭체로 강조되었듯이 바그다드에선 이렇게 말하는 편이 바람직하리라. '배고픈 사람들이 있는 데서 네 빵을 내보이지 말라'.

말이야말로 내가 유일하게 수집하기 좋아하는 것이다. 말은 내게 부담감을 주지 않는다. 잔뜩 쌓인 물건처럼 숨 막히는 느낌을 주지 않는다. 말이 무슨 이유로, 어떤 기적으로 그런 보편 규칙을 벗어날 수 있는지 의아하다. 아마도 이름을 붙임으로써 삼라만상의 무거운 외관을 떨쳐버리기 때문이리라. 흰 종이에 검은 글씨로 씌어 가뿐해진 어떤 문장들은 헬륨을 가득 채운 납으로 된 장난감 병정과도 같다. 나는 지붕 위로 날아가는 아버지의 경기병들을 상상해본다. 아버지의 소장품인 무기들이 벌새처럼 작은 날개를 잽싸게 파닥이며 날아가는 모습을 그려본다. 눈이나 머리칼 같은 특정 항목에 관련된 자료 파일은 벌써 불룩해진 반면에 턱과 같은 항목들의 자료 파일은 완전히 비어 있다. 얼굴

---

* '마음이 옹졸하면 여유가 생기지 않는다'.

의 이 부분에 관한 언급은 책을 뒤져봐도 별 게 없다. 은근슬쩍 넘어가거나 지엽적인 표현뿐으로, 가령 이중 턱이나 삼중 턱, 움푹 파인 턱이나 반대로 주걱턱처럼 묘사라고 하기엔 거리가 먼 것들뿐이다. 내가 처음 운전교습을 받던 조교의 턱은 표현력이 아주 풍부했다. 그가 짜증을 내면 턱에 작은 구멍들이 패었는데, 그것은 보조개라기보다 오히려 봉소직염(蜂巢織炎)*에 가까웠다. 내가 실수를 하면, 예를 들어 백미러로 뒤를 살피지도 않고 깜빡이를 켜면, 그는 급브레이크를 밟았다. 그럴 때면 나는 숨이 멎을 것만 같았다. 조교는 이내 상냥한 목소리로 설명을 했는데, 그 목소리가 어찌나 감미로운지 턱에 난 구멍들로 꿀이 스며 나올 것만 같았다. 나는 그런 식의 행동이 싫었다. 어렸을 때 나를 괴롭히던 오빠의 짓궂은 장난질처럼 미소나 안도감을 주는 말로 은폐되는 공격성이 즉시 떠올랐다. 브레이크 페달을 밟는 조교의 행위가 마치 내 몸 안에 "너는 운전을 할 수 없어"라고 쓰인 바로 그곳을 건드리기라도 한 것처럼, 내가 평온을 되찾으려면 한참이 걸렸다. "너는 운전을 할 수 없어", 이 말은 본래의 의미로든 비유적 의미로든 간에 고통을 겪게 될지도 모른다는 두려움, 실패의 두려움뿐만 아니라 계속되는 실수로 결국 사고를 내

---

* 피하 또는 근육이나 내장 주위의 결합 조직이 거친 부위에 생기는 급성 화농성 염증.

서 집안의 악몽을 재연할지도 모른다는 두려움이 받아쓰게 한 계명이었다.

이 두려움은 어디에, 어느 곳에 있는 거지?

도저히 정확한 위치를 알아낼 순 없지만, 그것은 아랫배와 태양신경총 사이의 어딘가에 분명히 있고, 이따금 심장으로까지 올라오는 수도 있다. 이때의 심장이란 그 기관을 가리키는 게 아니라 그 부근 어디쯤으로, 우리가 '심장이 아프다'*, '심장이 뒤집힌다'**라고 할 때 의미하는 모호한 부위이다. 두려움은 또한 구토였는데, 그것은 여름마다 내가 생브리외의 장거리 버스를 탈 때면 멀미가 나던 것으로 미루어 알 수 있다. 박하 술에 적신 각설탕 몇 개면 가라앉는 구역질은, 아버지가 묻힌 묘지 근처를 지날 때마다, 마치 말로는 절대 할 수 없는 무언가를 이런 행위로 대신 표출한다는 듯이 나타나곤 했다. 두려움은, 앞서 내가 말했듯이, 숨결일 뿐 아니라 움쭉달싹 못하는 다리였고, 그리고 위험에서 자신을 보호하기 위해 말을 하거나 비명을 지르기 불가능한 상태였다. 왜냐하면 성대는 폭력이 가해져도 그에 맞서 저항하지 못하는 내장의 무능력 상태에서 내 몸의 위와 아래를 이어주는 기묘한 회로에 속하기 때문이다. 겨우 사춘기에 들어

---

  * '메스껍다'.
  ** '구역질 난다'.

섰을 무렵 나는 전철 안에서 여러 번 성추행을 당했다. 남자들이 내 몸을 더듬고 음란한 말을 하면서 자기 성기를 내보였는데, 나는 모른 척할밖에 아무런 저항도 할 수 없었다. 나는 보지도 듣지도 느끼지도 않았다. 마음을 뒤흔드는 공포를 나타내지 않으려고 상대방이 아니라 나 자신과 싸우면서 그저 막연한 곳에 시선을 둔 채 똑바로 서 있을 도리밖에 없었다. 나는 집에 돌아와서야 방문을 걸어 잠그고 울었다. 몇 년이 지난 후에도 동일한 이런 장면에 직면하게 될 때마다, 나의 결점이 다소 완화되긴 했어도—준비를 했으므로, 집에서 혼자 연습을 한 덕에—병적인 소심함의 흔적은 여전히 남아 있다. 나는 조교에게도, 예를 들어, 급제동이 내게 미치는 악영향을 차마 말하지 못했다. 그저 열심히 교습을 받았을 뿐이고, 운전학원을 바꾸고 나서야 순조롭게 진행되던 교습의 결과가 얼마나 참담한 것이었나를 깨닫게 되었다. 새 조교는 건장한 상반신에 선량한 눈빛을 지닌 청년이었다. 그는 처음 교습부터 내 운전 태도에 주요한 결함이 있다는 진단을 내렸다. 뭔가 어렵다고 느끼는 순간, 마치 명치에 일격을 받을 준비라도 하는 양, 위험을 예측하고 대비하듯이 숨을 멈춘다는 거였다. 아무리 사소한 결정을 하더라도 그전에 숨을 쉬라고 그는 내게 가르쳤다. 그는 숨쉬는 일이 내 습관이 될 때까지 유머러스한 방식으로 끈기 있게 반복해서 말했다. 우리가 복잡

한 교차로에 당도하면 그는 "숨"이라고 말했고, 가속차선으로 진입하기 전에도 "숨", 성급한 차가 헤드라이트 신호를 보내올 때도 "숨"이라고 말했다. 그런 식으로 그는 텔레비전 퀴즈게임에 나오는 말들, 하지만 텔레비전이 없는 탓에 내가 잘 알아듣지 못하는 말들을 인용하는 것은 물론, 엉터리 라틴어에서 노르망디 방언에까지 이르는 단어들을 아주 진지하게 발음했고, 그렇게 나를 웃겨가면서 도로교통법을 숙지시키는 일련의 체계를 지니고 있었다. 그의 방법은 내게 주효했다. 나는 운전하는 게 즐거워졌다. 나는 그에게 많은 것을 배웠지만, 그래도 시험에 붙을 정도로는 충분치 않았던 것 같다.

어제부터 다시 운전학원에 다니기 시작했다. 엘리오와 메를랭과 함께 우리는 시계공인 헤르뮈스 탕타모크의 모험들을 읽고 있다. 한 사람이 몇 페이지씩 돌아가며 큰소리로 읽는다. 그것이 우리의 새로운 놀이 규칙이다.

경매장의 홀 한구석에는 물을 따라 마실 수 있는 정수기가 놓여 있어서, 나는 경매장의 단골 고객인 척하면서 그쪽으로 갔다. "너는 단골이야", 나는 짐짓 프랑크의 목소리를 떠올려가며 나 자신에게 되풀이해서 말했다. "너는 자주 오는 사람이거든, 수첩에 메모를 해, 남들은 네가 기자거나 희귀본 수집가인 줄 알걸, 입구에서도 아무 질문이 없었잖아, 그러니 이따 경매에 나올 품목들 목록이나 뒤적이고 있으려니까, 넌 잘못한 게 아무것도 없단 말이야, 네게 뭐라고 할 사람이 없다고, 네 은행 계좌엔 돈이 별로 없지만 아무도 그 사실을 모르지, 넌 옷도 잘 차려 입었지, '잘' 은 아니라도 아무튼 단정하게 입었잖아, 구두도 닦아 신었지, 네가 내쫓길 만한 이유는 전혀 없어, 넌 사기꾼이 아니니까, 그러므로 넌 여기 있을 권리가 있어, 네 아버지를 추모해서 여기 있을 의무가 있단 말이야(어쨌든 과장은 하지 말자)." 나는 플라스틱 컵을 뽑아 찬물을 가득 따랐다. 손이 바들바들 떨렸다. 다시 한번 찬물을 따라 마시고 나니 한결 기분이 나아졌다. 근처에 쓰레기통이 눈에 띄지 않았다. 나는 컵을 생수통 위에 올려놓았다. 불안정해 보이지만 그런대로 견뎠고, 아니, 떨어지진 않았는데, 글쎄 떨어졌을지도, 어쨌든 나는 휙 돌아선 탓에 떨어지는 것은 보지 못했다.

　홀은 만원이었고, 사람들이 말을 했고, 많은 이들이 서로 아는 사이처럼 보였다. 의자는 이미 남들이 죄다 차지한 뒤라, 나는 사무실로 올라가는 층계의 계단에 가서 앉았다. 내 오른편 대각선 쪽으로는 전화기들이 줄지어 놓인 테이블이 있었고, 말끔하게 차려입은 청년들이 와서 그 앞에 자리를 잡았다. 흰 와이셔츠에 정원사가 입는 푸른 앞치마를 두른 한 남자는 중앙 판매대 옆에서 자기 장갑의 탄력을 테스트하고 있었고, 제일 앞줄의 금발머리 여자 둘은 손등에 립스틱을 묻혀 색깔을 비교하고 있었다. 경매인이 나비넥타이의 날개를 건성으로 잡아당겼다. 경매가 시작되었다. 경매에 나온 물건들의 수가 공표되었는데, 아마 250이라는 듯싶었고, 다른 내용은 잘 알아듣지 못했다. 드디어 장내의 질서가 요청되었고, 첫번째로 나온 책에 가격이 매겨졌다. 벨

랭 퓌르 필 뒤 마레* 독피지(牘皮紙)에 인쇄된 앙토냉 아르토**
의 텍스트인데, 색이 좀 바랜 초판본이었다. 기다릴 겨를도 없이
누군가가 손가락을 치켜들자, 이내 다른 사람이, 또 다른 사람이
연이어 손가락을 세웠고, 이 모두가 미리 짜 맞춘 것처럼 진행되
었다.

"자, 빨리, 결정할까요? 가격을 올려 부르실 분 없습니까?"

없었다. 아무도 가격을 올려 부르지 않자 망치 소리가 울렸고,
이내 다음 품목, 즉 노련한 경매인의 허풍스런 평가에 의하면 유
별나고 희귀한 작품인『꼬마 요정들이나 모든 악마들이 저세상
에 있는 건 아니다』라는 제목의 책으로 넘어갔다. 저자는 베르
비퀴에 드 테르뇌브 뒤 탱***이란 사람인데, 그는 침술과 약초로
악귀들을 물리치는 데 일생을 바쳤다고 한다. 그 다음엔 레옹 블
루아****의 책 두 권이었다. 문가에서 사람들이 웅성거렸다. 좀
더 긴장되고 정중한 관중을 예상했는데, '페름 뒤 뷔송'의 여배
우가 말했듯이 전체적으로 집중과 예절이 부족했다. 푸른 앞치
마를 두른 남자들의 제스처만이 전체를 이끌어가는 유일한 표지

---

* Vélin pur fil du Marais는 독피지 상표이다.
** Antonin Artaud(1896~1948) : 프랑스 초현실주의 계열의 극작가, 시인, 배우.
*** Berbiguier de Terre-Neuve du Thym(1764~1851) : 프랑스의 작가.
**** Léon Bloy(1846~1917) : 프랑스의 작가.

였다. 그들의 제스처는 정확했고, 경매에 나온 물건이 상품가치가 떨어지는 판본이든 자필 원고든 간에 동일한 열성으로 똑같이 진지하게 소개했다. 그런 방식이 마음에 들었다. 판단을 내리지 않는 방식. 전체의 부분 하나하나가 제가끔 중요하고 역사가 있고 쓸모를 지니고 있었다. 하나의 총서란 걸작들뿐만 아니라 일화들도 포함된 문집이며, 그것들은 경제적 질서가 아닌 귀중함의 질서에 따라 서로 떠받치고 있다. 푸른 앞치마를 두른 남자들은 그 사실을 잘 알고 있었다.

이들의 의식(儀式)에 무관심한 구매자들 한 무리가 홀 구석에서 낮은 목소리로 의견을 나누고 있다. 그들 가운데 한 사람이 은단 한 갑을 꺼내 다른 사람들에게 권하는 사이, 폴 엘뤼아르*가 소장했던 앙드레 브르통의 젊은 시절의 시집이 낙찰되었다. 검정색 인조가죽 표지와 스물두 장의 단면이 황금색으로 칠해진 원본이었다. 『슬픈 아이들』의 육필 원고는 경매의 최종 물건이어서, 셀린의 『북부』와 앙리 미쇼**의 작품들 이후에 입찰에 부쳐질 예정이었다. 좌석에 앉은 사람들은 무척 더워 보였다. 단 오 분도 가만히 있지 못했다. 어떤 이는 스웨터를 벗었고 또 다른 이는 재킷을 벗었는데, 그럴 때마다 거추장스런 움직임이 비

---

* Paul Éluard(1895~1952) : 프랑스의 초현실주의 시인.
** Henri Michaux(1899~1984) : 프랑스의 시인.

좁은 좌석의 열을 따라 물결처럼 일었다. 나는 층계 계단에 꼼짝도 않고 앉아서 한동안 관찰을 하고 있었지만, 혹시라도 안전이나 편의상의 이유로 자리에서 비키라고 할까봐 지레 겁을 내고 있었다. 내가 앉은 자리가 화장실을 가거나 전화를 걸러, 혹은 메시지가 있는지 물으러 가는 길목이었기 때문이다. 내 앞에는 아래위로 하얀 옷을 입은 아가씨가 앉아 있었다. 그녀가 고개를 움직일 때마다 아주 긴 머리칼이 70년대 계란 샴푸 광고에 나왔던 여자의 머릿결처럼 흔들렸다. 나는 그녀의 카탈로그를 훔쳐보면서 매각의 진행을 알 수 있었다. 이제 겨우 삼분의 일 정도가 지났다. 이런 속도라면 아버지와 관련된 물건들은 오후 장이 마감되기 전에 나오기 힘들 것 같았다. 나는 밖에 나가서 바람이나 좀 쐬기로 마음을 먹었다. 내가 문을 나설 때까지 흰옷 입은 여자의 시선이 느껴졌다. 뒤를 돌아보자, 그녀는 신뢰가 실린 태도로 내게 미소를 지었다. 천사, 이 여자는 천사구나, 라는 생각이 들었다.

이곳에 도착할 때 나는 갤러리의 진열창에 들어 있는 물건들은 전부 경매에 나온 것이라는 사실을 모르고 있었다. 진열된 자료들 중에는 『수집가를 위한 라 가제트』에 게재된, 배 위에서 찍은 아버지의 컬러사진도 들어 있었다. 영화의 한 장면을 빼낸 것 같았다. 바다의 푸른색이 어딘가 비현실적으로 보였다. 영화관 입구에 붙인 포스터처럼 노출이 과다한 사진이었다. 낯선 손이 머뭇거리고 있는 체스판 위에 놓인 말들 역시 소위 자연스러운 배치를 가장했으나 극히 불리한 위치에 놓여 있어 인위적으로 보였다. 나는 로만 폴란스키*의 〈물속의 칼〉을 떠올렸다. 내가 태어난 병원의 지붕 위에서 줄타기 곡예를 하는 아버지를 상상해보았다. 배에 앉아 있는 선글라스를 낀 금발머리 여자는 어떤 사람을 바라보고 있는데, 사진에는 키를 잡은 그 사람의 팔만 나와 있다. 초점은 밧줄에 맞춰져 있었다. 세 사람을 따로 분리하며 다리를 가로지르는 밧줄은 선명하게 두드러진 반면 나머지는 약간 흐릿해서 마치 사진사가 금지된 단어를 강조하는 것 같았다. 아버지는 키가 커 보였다. 나는 "실제로 키가 얼마였지? 우리 아버지 말이야"라고 중얼거려보았다. 책에 얼굴이 가려진 사람이 우리 아버지였다. 의례적인 질문과 그에 따른 부수적인 질문들이 잇달아 떠올랐다. 어떻게 해서 아버지가 생기나? 삼차원의 아버지, 목소리와 시선이 있고, 빛에 따라 색깔도 변하는 현실의 아버지가? 만일 우리 아버지가 일찍 죽지 않았다면 나는 어떻게 되었을까? 운전면허증은 땄을까?

---

* 파리에서 출생한 폴란드 영화감독이자 배우이며 시나리오 작가.

베르나르 프랑크*의 『쥐떼』(투명 합성수지 제본의 전혀 펼쳐
보지 않은 새 책)가 입찰 물건으로 나온 틈을 타서 나는 다시 계
단의 층계자리로 돌아왔다. 베르나르 프랑크는 우리 가족의 신
화에서 중요한 자리를 차지하는 인물이다. 『현대』지**에 그의 문
학 시평이 발표된 것을 계기로 아버지를 위시한 일군의 문인들
에게 '경기병파' 라는 명칭이 주어졌기 때문이다. 흰옷의 여자는
내가 돌아오는 것을 보고 눈을 깜박여 인사를 했다. 내게 지나갈
자리를 내주느라 그녀가 몸을 난간에 바싹 붙였을 때 아주 섬세
한 레이스로 된 그녀의 브래지어가 보였다. 아나이스 닌과 레몽
크노를 위시해서 샤를 드 골과 보리스 비앙***에 이르기까지 작
가들의 이름이 끝도 없이 지루하게 열거되었다. 아래쪽에서 전
화로 경매에 참여중인 젊은 여자들 중의 하나가 옆의 남자에게
끊임없이 귓속말로 속삭이고 있다. 무슨 말을 하는지 궁금했다.
젊은 남자는 매료된 듯싶었다. 갑작스런 웅성거림이 일었고, 루

---

* Bernard Frank(1929~) : 프랑스의 작가.
** Les Temps modernes. 사르트르가 활동한 잡지로도 유명하다.
*** Anais Nin(1903~1977)은 미국의 여류작가. Raymond Queneau(1903~
1976)는 프랑스의 작가. Charles De Gaulle(1890~1970)은 프랑스의 대통령
(1958~1969)이었으며, 저서로는 『전쟁 회고록』과 『칼날』이 있다. Boris Vian
(1920~1959)은 프랑스의 작가이다.

이-페르디낭 셀린의 이름이 거론되었다. 작품과 물건 소개가 끝난 후에 진행요원은 네 권의 메르셰 장정본 위에 쓰인 문장을 읽어내려갔다. "데스투슈 박사/ 지랑동 가(街) 4번지/ 위의 사람은 수취의사가/ 전혀 없어 보임."

한바탕 웃음이 일었다. 경매는 이십팔만 유로에서 시작되어 불과 몇 분 후에 삼십육만 유로로 낙찰되었다. 망치 소리, 와글거리는 소리. 『북부』가 낙찰되자 많은 사람들이 자리를 떴고, 그 중에는 은단을 권하던 사람도 끼어 있었다. 나는 묘한 입장에 처했다. 한편으론 아버지의 원고와 특히 편지들이 소수의 사람들 앞에 보다 은밀하게 제시된다는 데 마음이 놓였고, 다른 한편으론 그것들이 헐값에 넘어간다는 생각에 마음이 거북해졌다. 마치 작가로서의 작업의 질뿐만 아니라, 아버지로서의 자질마저 새삼 문제 삼는 것처럼 느껴졌기 때문이다.

진열창은 지금 쇠시리에 달린 멋진 네온 형광등 조명을 받아 환했다. 나는 피곤했다. 아니 체념 상태라고나 할까, 아니 멍한, 그렇지, 멍한 상태였다. 위탁가정에 맡겨진 아이처럼 넋이 나가 있었다. 나는 경매인의 얼굴에 정신을 집중하려고 애썼다. 그런데 말할 때 움직이는 경매인의 입술 모양이 발음되는 말과 정확히 일치하지 않아 보여서, 더빙이 잘못된 영화를 보는 듯한 느낌이 들었다. 경매에서는 무슨 언어를 사용하는지? 또 약호화된 문장들은 누구에게 하는 말인지? 저 아래에는 내가 접근할 수 없는 세계가 있었다. 경매에 두번째 물건으로 나왔던 책의 저자 테르뇌브 뒤 탱이 다시 생각났다. 그는 재앙을 부르는 비열한 악마가 병원의 간호사와 의사들 뒤에 숨어 있다는 사실을 알고 있었다. 나비넥타이를 맨 저 남자는 누군가? 단정한 저 청년들의 좋은 안색 뒤에는 무엇이 감춰져 있을까? 무언가가 손에 뚝 떨어졌다. 혹시나 싶어 위를 올려보았지만, 아니, 홀 안에 비가 내릴 리는 없었다. 그건 내 피부에 떨어진 핏방울이었다. 내 코에서 흘러내린 피였다. 나는 일거에 공상을 떨쳐내고 화장실에 가려고 몸을 일으켰다. 공상에서 기대할 것이란 전혀 없었다. 바야흐로 흩어질 아버지의 편지들을 구할 묘수가 생길 것도 아니니까. 하지만 사실 그리 복잡할 것도 없긴 했다. 손가락 하나를 들어올리는 제스처를 하고, 자기 번호를 보여주고, 수표에 서명하면 낙찰 받게 되는 것이니까. 코피가 천천히 흘러내렸다. 흰옷의 여자가 뒤를 돌아보았고, 즉시 상황을 파악했고, 잠시 기다리라는 시늉을 했다. 계단 위에, 그 여자 바로 옆에, 빨간 핏자국이 눈에 띄었다. 미안하다는 말을 할 겸 옷에 묻지 않게 조심하라고 알려주려는데 어느새 여자가 우스꽝스럽게 알록달록한 암소들이 인쇄된 티슈 뭉치를 내밀었다. 그녀에게 이런 종류의 판타지가 있다니, 전혀 뜻밖이었다. 나를 '뚱보'라고 부르시던 외할아버지 생각이 났다. 그녀는 괜찮으냐고 물으면서, 내가 원하면 함께 가주겠노라고 말했다. 몇몇 사람의 시선이 우리에게 쏠렸다. 나는 사양하는 표시로 천천히 눈을 내리깔았다. 아버지의 편지들이 경매품으로 게시되었고, 이내 낙찰되었다. 전화를 통해서였다. 화장실은 이를 데 없이 말끔했다. 사기 세면대 위로 코피가 방울방울 떨어졌다. 생케포르트리외의 유모가 강조했듯이 수돗물을 틀어놓고 핏줄을 자를 때처럼 아무런 고통도 느껴지지 않았다. 자살에 대해 유모와 함께 말하던 남자친구는 누구였을까? 두 사람은 아버지의 자살기도를 알고 있었을까?

내가 계단 위의 자리로 돌아왔을 때는 이미 『슬픈 아이들』의 원고와 마찬가지로 『그랑 데스파뉴』의 원고도 남의 수중으로 넘어간 후였다. 경매가 종료되었다. 흰옷의 여자가 옆에 있는 카페에 가서 무얼 좀 마시지 않겠느냐고 내게 다소곳이 물었다. 홀 안은 무척 더웠다. 우리는 서로 마주 보고 앉았다. 순시아레의 아들이 생각났다. 갈리마르에서 출간된 그의 엄마의 소설 『메신저』는 경매 목록에 없었다. 젊은 여자가 미소를 지으며 말했다.

"보통 때는요, 경매가 이보다 훨씬 더 희한하게 진행되죠."

나는 얼굴을 찡그렸다. 웃어야 될 이유도 없지 않은가? 한 사람의 수집가가 평생을 바쳐 모은 책들이 이리저리 흩어진 직후에 말이다. 결국 느닷없이 이렇게 말하고야 말았다.

"개인적인 생각인데 말이죠, 이런 건 을씨년스러워요."

그녀가 눈을 내리깔았다. 나는 그렇게 격하게 대꾸한 자신에 대해 화가 치밀었다. 을씨년스러운 건 새빨개진 휴지로 콧구멍을 틀어막은 바로 나였다. 그녀는 음료수 값을 자기가 계산하겠다고 우겼다. 우리는 카페 앞에서 서로 연락처도 묻지 않은 채 헤어졌다. 이따금 그 여자가, 그녀의 아름다운 모습이, 계단 위에 흰 바지 바로 옆에 보이던 빨간 핏자국이 생각난다.

오래전부터, 아마도 유년기 이후로 나는 코피를 흘리지 않았던 것 같다. 학교에서 갑자기 코피가 터진 적이 있었는데, 그것이 오히려 유쾌한 추억이 되었다. 코피가 나자 모두가 놀랐고, 그것이야말로 수고도 않고 잘난 척도 하지 않으면서 거둔 큰 성공이었다. 반장이 나를 양호실로 데려갈 때 난 일부러 고개를 푹 숙이고 꼬마 엄지 놀이를 했다. 복도에 깔린 널빤지를 숲이라 생각하면서.

집에 돌아오자, 나는 대단한 성공담이라도 되는 것처럼 제일 먼저 그 사실을 알렸다. 내가 흘린 코피의 흔적은 면봉으로 아주 살살, 그러나 말끔히 지워졌고, 내 블라우스는 찬물에 담가졌다. 그래, 그땐 공립초등학교에서 학생들이 그런 블라우스를 입었다. 그리고 남녀 학생들이 벽 하나를 사이에 두고 양쪽으로 나뉘어 있었는데, 그 벽은 우리가 왜 따로따로 앉아야 하는지를 이해할 여지조차 남기지 않았다. 그렇다면 우리는 그저 호기심만 느꼈을까? 그렇지도 않았다. 여자애들은 이쪽에 남자애들은 저쪽에, 그저 그렇게 있었을 따름이다. 그것을 당연하게 여겼다. 서로 분리된 두 세계에서 살았지만, 어느 누구에게도 그것은 고통으로 여겨지지 않았다. 단지 유치원에서만 남녀가 섞였는데, 그렇다고 오빠가 운동장에서 나와 함께 놀았던 기억은 전혀 없다. 초등학교 시절과 관련해서 선명하게 남아 있는 유일한 기억은 '침묵의 여왕'이라는 칭호이다. 내가 그 칭호를 받은 것은 일층 교실에서였다. 그 교실로 이어지던 복도와 교실의 문과 작은 유리가 끼워진 높다란 창문들이 눈에 선하다. 또 지금은 얼굴도 이름도 생각나지 않는 여선생님이 반 애들 전부가 보는 앞에서 내게 왕관을 씌워주었을 때, 내가 얼굴을 붉혔던 기억도 난다. 침묵놀이, 그것은 내가 한 여성 독자의 편지 덕분에(이 자리를 빌려 감사를 표한다) 배우게 된 놀이이고, 흔히 교사들이 학생들에게 정숙을 요구할 때 쓰는 기술이며, 이 여선생님이 아무 데나 함부로 사용했던 방법이고, 마리아 몬테소리*가 발전시킨 실천

---

* Maria Montessori(1870~1952) : 이탈리아의 교육자. 3세~6세까지의 노동자 자녀들을 위한 유치원 '어린이의 집'을 열어 이른바 '몬테소리법'에 의한 교육

방식이다. 방법은 단순하다. 예를 들면, 아이들은 놀이기구나 의자를 정돈하면서, 혹은 이름이 불리어 자리에서 일어나 앞으로 나가면서, 되도록 소리를 내지 않아야 하는 것이다. 차츰차츰 침묵이 깃들면서, 아이들은 거리의 소음, 다른 교실에서 나는 소리를 인지하기 시작하다가 마지막엔 자기 몸에서 나는 소리—심장 박동, 숨소리—를 듣기에 이른다.

이 경지에 이르면 몹시 강렬하고 내밀한 무슨 일이 일어난다고, 즉 아이가 자신의 영혼에 접하게 된다고 이 교육학자는 말하고 있다.

일층 교실에서 내가 느꼈던 감동이 이런 차원의 것이었을까? 나는 이 생각에 흔쾌히 빠져든다. 몇 달이 지난 후에 아버지의 그림엽서를 받았을 때 느꼈던 감동도 마찬가지였다. 대문자로 쓰인 아버지의 질문은 다음과 같았다.

침묵의 여왕은 어떻게 말을 하지?

이 문장이 내 뇌리에 깊이 새겨졌다면, 내가 이 말을 되풀이 또 되풀이해서 옮겨 적을 필요를 느낀다면, 그것은 이 질문이 당

___

을 실시했다.

시 어린애에 불과했던 나로서는 도저히 풀 수 없는 수수께끼였기 때문이다. 그야말로 어린애라는 신분상의 온갖 어려움을 집약해서 보여주는 잔인하고도 매혹적인 수수께끼였던 것이다. 당시에 수수께끼는 이렇게 인식되었다. 침묵의 여왕이 자신의 칭호와 아빠의 애정을 잃지 않으면서 과연 어떻게 말을 할 수 있을까?

혹은 이렇게 표명될 수도 있다. 어떻게 하면, 말을 하면서 동시에 말을 하지 않을 수 있을까?

나는 진퇴양난이었다. 아버지의 지성의 덫에 걸린 채로.

그 이듬해, 전혀 그런 낌새조차 채지 못했으면서 엄마는 내게 상반되 두 가지 명령을 타협할 수 있는 수단을 제공하게 된다. 날카로운 음색의 내 목소리를 놀리려고 엄마는 내게 '소방관들의 세이렌*'이란 별명을 붙여주었는데, 그것은 나의 최초의 선택에 힌트가 되었다. 가장 간단한 해결책은 이분법을 버리는 것이 아닐까? 세이렌처럼 여자이며 물고기가 되는 것이 아닐까? 노래하는 여자이며 침묵하는 여자가 되는 것이 아닐까? 물고기는 말이 없고, 기린도 마찬가지다. 기린은 나중에 내 두번째 소

---

* 뱃사람들을 아름다운 목소리로 홀려 배를 난파시켰다고 전해지는 반인반어(半人半漁)의 요정을 의미하는 동시에 사이렌 소리를 의미하기도 한다.

설**에서 주요 등장인물로 나온다. 일체의 문학적 관심사와 아무런 관련이 없어 보이는 이 논리에 절로 미소가 새어 나오리라. 하지만 이 연쇄 고리는 다르게 읽힐 수도 있다. 세이렌에 관한 텍스트에서 포르노그래피에 관한 텍스트까지를 하나의 육체가 출현해서 재통합되기까지의 역사를 이야기하는 긴 문장으로 읽을 수도 있을 것이다. 최근 이십 년간 출간된 소설들에 나타나는 육체의 재출현 현상에 대해서도 말할 수 있는데, 이런 직관을 확인시켜줄 예들이 얼마나 많은지를 알면 놀랄 것이다. 만일 우리가 책들을 그 자체로 닫힌 한정된 대상이 아니라 에피소드들로 구성된 하나의 연속체로 생각하고 읽는다면, 그리고 그 저자들이 개인을 초월하는 문제로 서로 관련을 맺고 있다는 사실을 받아들인다면, 이 모든 게 지극히 단순해 보일 것이다.

위험천만한 우회로들을 거친 후에야 나는 이 가정을 명확히 인식하게 되었다. 아주 어렸을 때 나는 나 자신과 침실을 따로 썼는데, 그때부터 센 강에 잘난 잠수를 하게 될 때까지 줄곧 그랬다. 나는 생일이 되면 목청껏 노래를 부르는 생기발랄한 아이였던 동시에 삶을 지겨워하는 심각한 아이였다. 같은 이름의 두 존재가 그럭저럭 동거생활을 유지해나갔다. 나는 자주 죽음을

** 1989년에 출간된 마리 니미에의 소설 『기린』.

생각했다. 정확히 말해서 아버지의 것이 아닌 내 죽음을 말이다. 나는 대단히 풍부한 상상력을 지니고 있었다.

나는 십오 년 전에 쓰인 텍스트에서 다음 문장들을 찾아낸다. 그것을 여기 옮겨 적는 일이 중요한 것 같다.

'침묵하기(se taire)' 위해 '자살하기(se tuer)', 짝을 이룬 두 동사가 너무도 흡사하다.

'아무도 배반하지 않으려고 자살하기', 그리하여 '자신이 뱉은 말에 책임지기'와 마찬가지로, 누설할 수 없는 것이라면 재량껏 무기를 사용해서라도 비밀을 지키며 입을 다문다. 하나의 단순한 질문에 갇혀 이중으로 묶여 있는 비밀. 여섯 단어로 된 하나의 질문.* 그 수수께끼가 내게 나날이 동일한 기세로 탐색과 체념을 강요한다.

살아 있기 위한 탐색.

살아 있기 위한 체념.

---

* 'QUE DIT LA REINE DU SILENCE?(침묵의 여왕은 어떻게 말을 하지?)'를 가리킨다.

나의 자살기도와 그에 뒤따른 부작용 이후에 이야기는 아주 복잡하게 돌아갔다. 우선 나는 아버지의 방정식을 풀기 위해 더 이상 죽음에 기대를 걸지 못하게 되었다. 내 시도는 실패했다. 이제는 죽음도 믿을 수 없었다. 신념이 사라진 것이다. 다른 길을 찾아야 했다. 뚝 떨어져 있어 번잡하지 않은 길. 나는 남들과 함께 있기가 힘들어졌다. 왜냐하면 다른 사람들, 가족이며 친구들은 내게 무슨 일이 일어난 것인지, 왜 투신을 했는지 이유를 알고 싶어했는데, 나 자신도 모르는 이유를 설명할 도리가 없었기 때문이다. 어떤 사람들은 노발대발해서 나를 협박하거나 그러는 척했다. 내가 살아났다고 화를 내는 것처럼 느껴졌다. 그때 글쓰기가 떠올랐다. 그것은 내가 이 막다른 골목에서 벗어나도록, 그리고 아버지의 이중 명령에 몇 번이고 반복해서 대답하도록 도와줄 수 있는 방법이었다. 소설가란 침묵을 지키면서 이야기를 하는 자, 입을 다물고 말하는 자가 아니던가?

당시만 해도 소설에까지는 생각이 미치지 않았다. 그런 식으로 아버지와 맞서려 하다니, 천부당만부당했다. 그럴 능력도 없었지만 그럴 마음도 내키지 않았다. 그래서 또다시 우회로(어쨌든 지금 내가 그렇게 여기는 길)를 택할 수밖에 없었다. 내가 매일 국립도서관의 둥근 천장 밑에서 틀어박혀 지낸 것은 박사논문(mémoire de doctorat)을 써볼 생각에서였다. 그 작업을 위해 장학금도 받았는데, 그 사실은 다시 학업을 계속하기로 결정을 내리는 데 상당한 영향을 미쳤다. 생활비를 벌어야 했지만, 오디션을 보러 갈 용기도, 그렇다고 무대에 설 용기는 더욱 없었기 때문이다.

내가 박사논문을 '테즈(thèse)'라고 하지 않고 굳이 '메무아르(mémoire)'란 단어를 사용한 이유는 그 단어가 당시의 내 정신 상태를 잘 규명해주기 때문이다.* 내게는 옹호할 아무런 주장(thèse)도 없었다. 내게 필요했던 것은 여백으로 피신해서 남들이 쓴 책들을 통해 허울뿐이나마 통일성을 재발견하는 일이었다. 무슨 주제로든 그 일을 할 수 있었겠지만, 되는대로 아무 주제나 선택하지는 않았다. 나는 세이렌의 신화에 매달렸다. 세이렌 생각을 하게 된 것은 라디오에서 흡혈귀란 인물에 대해 시대별로 연구한 어느 대학교수의 방송을 듣고 난 후였다. 충분히 성찰의 소재가 될 만했다.

나는 사무실에 가듯이 도서관에 출근했다. 매일 같은 좌석에 앉았고, 같은 장소에서 식사를 했다. 겨울에는 일본식 미소시루를 먹었고, 날이 풀리면서부터는 루부아 광장의 벤치에서 샌드위치를 먹었다. 나는 남들이 먹는 모습을 바라보는 게 즐거웠다.

---

* 둘 다 '학술논문'이란 뜻이지만, thèse에는 '주장' '견해'의 의미가 있는 반면, mémoire에는 '보고서' '기억'의 의미가 있다.

몰래 그들을 지켜보았다. 씹고, 마시고, 깨물고, 혀로 입술을 핥는 모습을 바라보는 게 좋았다. 나르시시즘의 투사에서 완전히 벗어나 본질적 욕구를 충족시키는 느낌으로 인해 놀랄 만큼 순진무구해진 그들이 공공연히 입으로 누리는 쾌락을 바라보는 게 좋았다. 먹는다, 그것은 그들에겐 자명한 일이었다. 자명한 일, 하지만 외부에서 내부로 향한 이동이 내게는 엄청나게 외설적으로 보였다.

두시쯤, 나는 다시 공부를 시작했다. 수중에 들어오는 모든 책들, 즉 역의 가판대에서 파는 대중소설부터 고대 그리스에 관한 서적들까지 모조리 읽었다. 메모를 해가면서. 그 많은 메모들이 지금도 벽장 위 칸의 종이상자 안에 들어 있다. 나는 지하실에 있는 오래된 정보 카드들, 특히 테마별로 정리된 카드들을 읽어보기를 좋아했다. 나무 재질의 정리함을 꺼내가지고 맨 구석의 테이블에 가서 앉곤 했다. 서두를 마음이 전혀 없었으므로 주제의 일탈을 음미하며 즐겼다. 한 단어가 다른 단어를 부르고, 그렇게 시간은 모르는 새 훌쩍 지나가버린다.

밤에는 거의 잠을 이루지 못했다. 밤이 몹시 힘들었다.

일 년이 지나자 꽤 많은 자료가 모였다. 논문의 구상에 대한 대학 당국의 승인도 받게 되었지만, 나는 기껏 수백 페이지를 써보았자 결국 도서관─국립도서관일지라도─서가에서 줄곧 잠이나 자게 될 논문을 쓰지 않게 되리라는 사실을 깨달았다. 논문의 새 지도교수와의 관계도 소원하기 이를 데 없었다. 그는 학생들의 연구보다 자기 저서의 출간에만 관심이 있었고, 혹시라도 학생의 연구에 관심을 보인다면 자기 저작에 이용하기 위해서였다. 학위를 받으면 어디다 쓸 것인가? 대체 무슨 직업을 얻는 데 소용이 될 것인가? 바로 그즈음 나는 어느 다리 위에서— 그래, 또 다리 위다, 도대체!— '유진'이란 사람을 만나게 되었다. 그 사람도 나처럼 불꽃놀이—그날이 7월 13일*이었으므로—가 시작되기를 기다리고 있었다. 모자를 썼고 색깔이 선명한 작업복 차림의 영국인이고, 출판인이고, 매우 호감이 가는 사람이었다. 우리는 함께 대화를 나눴다. 내가 '무얼 하며 사는지' 이야기하자 그는 흥분했다. 나처럼 젊은 여자가 허구한 날 인어 이야기나 읽으며 지낸다는 게 '환상적'이라고 했던가, 어떤 형용사를 썼는지 지금은 기억이 안 나는데, 아무튼 그의 열광이 내게도 전염되었다. 헤어질 때 자기 주소를 주면서, 내 연구의 개요를 주요한 몇 가지 도상(圖像)을 곁들여 자기에게 보내달라고 했다. 그는 진지하게 고려했는지? 자신은 그림이 많이 들어간 세이렌 신화 에세이의 출간 전망에 상당한 흥미를 느낀다고 말

---

* 7월 14일은 프랑스의 국경일로, 1789년 프랑스 혁명 때 바스티유 감옥이 함락된 날이다. 그 전날인 13일 밤에 불꽃놀이를 한다.

했다.

　바캉스에서 돌아와보니, 자동응답기에 당시 갈리마르 출판사 편집인인 프랑수아즈 베르니가 남긴 메시지가 있었다. 만나자는 제안이었다. 자기 친구 유진에게서 나에 관해 들었다고 했다.

　그로부터 며칠 후, 정확히 말하자면 내 나이 스물여섯이던 해 8월 26일, 세바스티앙-보탱 가(街)에서 프랑수아즈 베르니를 만났다. 베르니는 파리 7구역의 잘나가는 문학부 편집부장이라면 즉시 떠올리게 될 모습과는 전혀 딴판이어서 나는 즉시 안도감을 느꼈다. 내 계획서를 대강 훑어보고 나서, 그녀는 자신이 뿜어낸 담배연기 사이로 주의깊게 나를 바라보았고, 고개를 약간 옆으로 기울였고, 아랫입술을 앞으로 내밀었다. 그리고 아주 당연지사라는 듯 제안하기를, 우선 첫 단계로 세이렌 신화 개요로 서른 장 정도를 쓰되, 이번에는 일인칭 서술로 하라고 말했다. 나는 그렇게 했다. 그녀의 요청에 따랐을 뿐 다른 욕심은 없었다. 다음번 만난 자리에서 그녀는 내가 쓴 처음 몇 페이지가 소설 같은 것의 시작이라고 너무나 수월하게 말했다.

운전면허시험 감독관은 금발의 침울한 젊은 여자였는데, 자꾸만 손바닥으로 자기 바지의 주름을 문질러 폈다. 그녀가 내리는 지시들은 명확했고, 나를 함정에 빠뜨리려 일부러 어려운 지시를 내리거나 하지 않았다. 머리칼을 묶은 납작한 머리핀은 내가 초등학교 시절에 가지고 있던 것과 비슷했다. 목에는 애교 점들이 있었고, 귓불에 뚫린 구멍은 자주 귀고리를 하지 않은 탓인지 다시 메워져 겨우 보일 정도였다.

나는 침착하게 운전을 한다. 평온하게 숨을 쉰다. 손이 약간 차가웠지만, 그 점을 제외하면 최상의 컨디션이라고 느낀다. 나는 두 자동차 사이에 좌측 후진으로 주차에 성공하자 상당히 으쓱해진다. 기어를 후진에 놓는다. 엔진을 꺼뜨리지 않는다. 차

바퀴가 평행이 되도록 놓는다. 차문을 살짝 열고 잠시 살펴본다. 차는 인도에서 몇 센티미터 떨어졌고, 네 바퀴 모두 원위치에 있다.

"다시 출발합시다." 감독관이 자기 카디건을 잡아당기며 지시했다.

나는 다시 출발한다. 어제까지만 해도 너무나 복잡해 보이던 것이 지금은 아이들 장난 같기만 하다. 어떻게 내가 그 지경으로 서투를 수 있었을까? 시간, 그렇다, 운전이라는 새 언어를 배우기 위해 남보다 시간이 약간 더 필요했을 뿐이다. 나는 사촌언니에게 좋은 소식을 알리는 내 모습을 상상한다. 혹은 지극히 자연스러운 일이라도 되듯 언니를 데리러 자동차로 역에 나가는 내 모습을 그려본다. 하긴 지극히 자연스러운 일이다. 운전면허증을 소지하는 것보다 더 흔한 일은 없으니까. 아이 둘을 데리고 시골에서 산다면 운전면허증을 소지하고 사용하는 것은 지극히 당연한 일이니까.

우회전을 하고 또 한번 우회전을 하면 시험은 끝날 것이다. 완결된 원. 한 바퀴의 끝, 다음 도전으로 넘어가기. 나는 눈을 깜박이며 어깨 너머로 힐끗 시선을 던진다. 목에 걸린 씨라도 뱉으려는 듯이 감독관이 둥글게 쥔 주먹을 입에 대고 잔기침을 한다. ANPE*의 주차장으로 돌아오자 그녀가 내 쪽으로 돌아앉는다.

희미한 미소가 번지면서 얼굴이 밝아진다. 나는 그녀가 예쁘다고 생각한다. 그녀는 내 눈을 똑바로 쳐다보며 판정을 내린다. 고속도로 주행시 속도 미달, 일방통행로에서 한쪽으로 쏠린 주행, 전반적으로 볼 때 주도적 판단력 결여.

나는 그녀의 목소리에 매달려 있다. 뒤로, 다시 뒤로 돌아가서, 처음부터 죄다 다시 시작해야 하는구나. 주도적 순발력을 발휘하기, 극복하기, 나 자신을 뛰어넘기. 내가 다시 자동차에 올라타게 되면, 그늘 한 점 없는 이 얼굴, 절제된 식사와 규칙적 일상의 파운데이션으로 다듬어져 나무랄 데 없이 매끄러운 이 얼굴을 믿지 않으리라. 지나치게 길고 곧은, 너무 꼿꼿한 목에 의심스러운 눈길을 보내리라. 그녀의 목에서 애교 점들을 보느라 머뭇거리는 대신 말이다. 아니, 애교 점들은 글로 한 줄 쓸 만큼의 가치도 없다. 피부가 섬세한 눈꺼풀을 눈여겨보리라. 그 허약함이 기필코 방심하지 말라고 나를 일깨워줄 것이다. 나는 모조리 다 보겠다. 그래, 자동차와 보행자와 표지판을 전부 다 바라보고, 경계심을 풀지 않고 빠짐없이 다 바라본다. 그녀의 핏줄까지. 한쪽 입술 언저리에서 시작되는 핏줄, 몸이 싫어서 밖으로 뛰쳐나갈 듯이 팔딱거리는 관자놀이 위로 불거진 핏줄. 손목의

---

*국립 직업알선소를 뜻하는 L'Agence Nationale pour l'Emploi의 약자.

핏줄은 카디건 소매로 가려지겠지만, 그래도 꿰뚫어 볼 수 있다. 나는 그 핏줄들을 절대 잊지 않을 것이고, 그러면 만사가 내게 유리하게 풀릴 것이다. '카디건'이란 단어는 요즘 거의 쓰지 않지만, 그래도 감독관이 블라우스 위에 걸친 옷, 그걸 '조끼'라고 하지 않는다면 바로 카디건이다. 그래, 아마 양모 조끼라고 하나 본데, 대체 '조끼'와 '카디건'의 정확한 차이가 무엇일까? 나는 그 차이를 알고 있었는지? 이런 부류의 일에 관심이 있는지? 정신을 차릴 수가 없다. 갑자기 머리가 지끈지끈 아팠고, 그 통증 때문에 눈을 감지 않을 수 없다. 다시 눈을 뜨자, 모두들 그 자리에서 꼼짝도 않고 있는 모습이 보인다. 몸 가장자리가, 귓구멍 둘레가 돌돌 말려 올라간 감독관, 마치 귓바퀴가 그녀를 야금야금 흡수하려는 것처럼 보인다. 주름을 싫어하는 감독관, 갑자기 약간 흐릿해져 보이는 젊은 여자, 이내 확실하게 흐려진다. 그 자리에 클로즈업으로 나타난 피부, 피부에 난 매우 빳빳한 털들과 거기 달라붙은 작은 털실 조각, 보풀이 일어난 편물 옷, 어울리는 스카프가 보인다. 뒷좌석에 앉은 조교는 내가 모르는 어떤 서류를 집으려고 젊은 여자 쪽으로 몸을 굽힌다. 내 시선 아래에서 움직이는 그의 손, 내 코밑에 있는 그의 손, 손에서 나는 냄새, 톡 쏘는 시큼한 냄새, 이 고약한 냄새는 뭐지? 손 하나, 그리고 바보처럼 줄줄 눈물을 흘리는 나. 그래서 두 배로 확대된 동공, 거기서 뚝뚝 떨어지는 좀개구리밥 같은 어리석은 눈물이 지금 두 볼을 타고 흘러내린다. 아무도 측은하게 여기지 않을 눈물 방울들, 용기를 잃지 말아야 해, 포기하면 안 돼, 감독관이 바지 주름을 펴면서 내게 두번째 기회를 줄 거야, 재시험을 허락할 테지. 하지만 아무런 일도 일어나지 않는다. 계기판 위의 분침이 한 칸 앞으로 진행된 것을 제외하면 말이다. 이제 명백한 사실을 인정하지 않을 수 없다. 나는 방금 운전면허시험에서 네번째로 떨어진 것이다. 두번째 기회란 없을 테니까. 내가 있는 운전석 쪽의 차문을 잡고서 조교가 말했다.

"솔직히 유감이네요. 아까 고속도로에서 트럭을 추월했어야 하는 건데, 시간도 충분했잖아요……"

추월할 시간? 그래, 충분했겠지, 하지만 우리는 그 상태로 좋았다. 트럭이 달리고 내가 달리던 그 순간이 정확히 기억난다. 평화로운 순간, 그때 내가 신경을 썼던 것은 오직 안전거리 유지뿐이었다. 트럭 후미와 내가 탄 차의 앞 사이에 놓인 줄일 수 없는 공간이 거의 만져질 정도로 느껴졌다. 감지되는 공기의 두께가 마음에 들었다. 이 공기저항이야말로 장기간의 실습에서 얻은 결실이었다. 두 차 사이에 놓인 보이지 않는 풍선(ballon)이었다. 그것은 죄수의 감옥살이(ballon)도, 얼굴을 갈기는 펀칭볼(ballon)도, 편도선 수술 전에 환자를 재우려고 사용하는 산

소통(ballon)도 아니고, 공의 직경 표시 대신 규정에 따라 백색으로 두 줄이 그어진 보호성 기포였다. 일종의 외부 에어백이라고나 할까, 남들 눈에는 띄지 않지만 우리 두 사람에겐 귀중한 무엇이었다. 트럭 기사와 나, 우리 두 사람은 각자의 여정에 의해 우연히 인연이 닿아 있었다. 나는 이 순간이 영원히 지속되기를 바랐다. 이 순간이 행복한 어떤 시간 속에 정지된 것만 같았고, 만사가 지극히 수월하게 느껴지기 때문이었다. 얼마 후 트럭은 시내 쪽으로 접어들었고, 나 혼자만 우측 차선에 남게 되었다. 그때서야 나는 가속 페달을 밟았다. 그러자 젊은 여자가 혀를 끌끌 차더니, "바로 그거예요"라고 말했다. "바로 그거예요" 혹은 "그렇지요"라는 짤막한 언급을 들었는데, 아무튼 그 짧은 한 마디에 나는 완전히 마음을 놓고 있었는데, 감독관은 도시인의 창백한 피부 뒤편에서 이미 낙제 판정을 내렸던 것이다.

운전학원의 조교는 내게 희망을 줄 수 있는 표현을 찾느라고 심했다. "다음번에는" 하고 그가 말을 떼었고, 감독관은 녹초가 된 시선으로 우리를 힐끗 쳐다볼 뿐이었다. 그녀의 근무시간은 아직 끝나지 않았고, 다른 응시자들 — 젊은이들도 있고 약간 나이 든 이들도 있었다 — 이 손에 신분증을 쥔 채로 약간 물러나서 자기 차례를 기다리고 있었다. 그들은 감히 다가오지도 못했다. 조교가 내 쪽으로 몇 걸음 다가오더니 마침내 이렇게 말했다.

"침술사에게 진찰을 받아보세요, 아니면 다른 뭔가를……"

아니면 다른 뭔가를? 그래, 다른 뭔가를 해야겠지. 그는 시험 중에 쌓인 긴장을 털어내기라도 하듯이 인도 가장자리의 각진 곳에 구두를 갖다 대고 밑바닥의 고무창을 문지른다. 베이지색 사슴가죽 구두인데, 엄지발가락 위치에 볼록 나온 부분이 약간 반들거린다.

자동응답기에 프랑크가 남긴 메시지가 있다. '내가 합격했는지' 알고 싶어한다. 그에게 전화를 걸 용기가 나지 않는다. 실망한 건 아니지만 기분이 언짢고 자존심이 상했다. 별로 명예롭지 않아서 함께 나눌 수 없는 그런 감정이다. 학교에서 돌아온 아들 녀석들이 나를 위로한다. "별일도 아닌데, 뭐, 엄마." 아이들은 감독관과 조교가 했던 말인 줄도 모르고 똑같은 말을 한다. "다음번엔 붙을 거야." 애들이 정말로 그렇게 믿는 걸까, 의아해진다. 엘리오는 어미가 -eindre, -aindre, -oindre, 그리고 -soudre 로 끝나는 3군 규칙동사들을 공부해야 하고, 메를랭은 르네 기 카두*의 시를 공부해야 한다. 생으로 먹기에 좋은 사과를 다룬 시다. 아이들 가정통신 수첩에 몇 마디가 쓰여 있다. '나쁜 소

---

* René Guy Cadou(1920~1951) : 프랑스의 시인.

식, 이가 다시 생기고 있습니다. 지침을 따라주시기 바랍니다'라는 담임선생님의 기별이다.

감독관의 머리핀 생각이 난다. 그녀 머리에도 벌써 이가 옮았을까, 자동차의 머리받침에서 이가 옮지는 않았을지.

텔레비전에서 일하는 한 친구를 통해 나는 아버지 묘지에서 인터뷰를 했던 그 사람을 찾아냈다. 기억나지? 은발의 남자, 사고 당일 로제 니미에를 만났다는 그 작가 말이야. 더 정확히 말하자면 그 사람 본인을 찾아낸 게 아니라, 그의 증언이 녹화된 비디오테이프 복사본을 누군가에게서 빌렸던 것이다. 테이프는 며칠 동안 녹화기 위에 〈미치광이 피에로〉와 〈우주의 광인들〉 사이에 놓여 있었다. 마침내 어제 저녁에 그 테이프를 틀어보았다. 그의 증언은 대체로 이미 내가 알고 있는 것이었지만, 더러는 훨씬 알쏭달쏭한 이야기도 있었다. 가령 사망 당일 아버지가 루아얄 교의 바에서 술을 한잔한 다음, 렌 가(街) 부근 빵집에서 점심식사를 했던 자초지종이 그러하다. 바에는 앙투안 블롱댕도

209

있었는데, 비몽사몽인 상태에 빠져 있었다. 그래서 목욕이나 하라고 아버지가 그를 시몬 갈리마르* 여사의 집으로 보냈다. 같은 일행으로는 루이 말도 있었는데, 『도깨비불』을 각색할 계획을 이야기했다. 점심은 단 셋이서 먹었다. 아름다운 순시아레와 그녀의 남자 친구—나중에 생브리외 묘지에서 증언을 한 바로 그 사람—와 아버지, 그렇게 셋이서만. 그 남자는 아버지에게 푹 빠져 있었다. 그 자신이 로제 니미에의 재기와 지성에 매료되어 있었노라고 거듭해서 말했다. 식사를 마치고 나오자, 아버지는 그에게 멜빵을 사주겠다고 우겼다. 아버지가 남성복 가게에 들어가서 지인에게 줄 선물이라며 고작 멜빵을 사다니, 정말이지 말도 안 된다. 하지만 나는 그 행동이 마음에 들었다. 그 다음 행동도 마찬가지였다. 로렌조—문제의 부티크 이름—를 나오면서 아버지는 당신 비옷을 젊은 여자의 머리에 씌운 다음, 바로 그 문제의 멜빵으로 묶어서 두건처럼 보이게 만들었다. 그후에는? 네시에 삼인조는 토마스 아퀴나스 성당 앞에서 헤어진다. 헤어지면서 순시아레는 자기 친구에게 슬쩍 귓속말을 흘린다. "월요일 날 들를게. 가서 죄다 말해줄게."

그 친구는 떠나면서 궁금증에 사로잡힌다. 빨리 월요일이 왔

---

* 갈리마르 출판사의 사장인 클로드 갈리마르의 아내이며, 갈리마르 계열사인 메르퀴르 드 프랑스Mercure de France의 책임자.

으면 싶다. 그전에는 알 도리가 없으니 말이다. 그가 새 멜빵을 손에 쥐고 미소 짓는 동안, 순시아레와 아버지는 생제르맹 대로로 멀어져간다. 두 사람은 『파리마치』본사에 사진을 갖다주러 가는 길이다. 그 사진들 중에는 눈을 감은 젊은 여자의 사진이 한 장 있다. 머리칼이 얼굴 위로 내려와 있다. 이 초상은 비극이 대서특필된 『파리마치』에 실리게 되고, 모두가 그 사진을 사망 후에 찍은 것으로 믿게 된다. 하지만 순시아레 생전의 사진임을 아는 친구로서는 그런 조작이 견디기 힘들다. 그의 목소리가 떨린다. 그가 어떤 감정을 느끼는지 알겠다. 때려부수고 싶은 착오들이 있는 법이다.

르포의 2부는 주로 순시아레에 관해서였다. 그가 떠올린 그녀에 관한 기억은 충격적이었다. "모두가 그녀를 불안하게 여겼지요. 과속을 하는 데다, 한번은 자기 차를 운전하고 불로뉴 숲을 달리다가 진작 죽을 뻔한 일도 있었으니까요. 그녀에게 무모함은 유쾌함에 다름 아니었어요." "또 다른 예들이 있습니까?" "어느 날 저녁 영화를 보고 나오던 길이었지요. 그녀가 신발을 벗더니 다리 난간 위로 올라가더군요. 그리곤 난간 한쪽 끝에서 다른 쪽 끝까지 맨발로 뛰어갔어요. 비가 내리고 있던 터라 난간의 돌도 미끄러웠는데 말이죠." 이 말을 듣자 나는 얼굴이 빨갛게 달아올랐다. 마치 이 남자에게 내 출생을 알리는 아버지 편지나 혹은 내가 다리에서 뛰어내리는 것을 들키기라도 한 것처럼. "순시아레는 매 순간 죽음과의 대면 욕구를 느꼈지만, 로제 니미에 와는 전혀 달랐어요. 그녀에겐 우울증이 전혀 없었으니까요." "무슨 뜻입니까?" "니미에의 경우엔 어떤 순간에 나타나는 아주 경미하지만 은밀한 우울증이 있었어요." "다른 기억들은요?" 로제 니미에가 전화통에 매달려 앙투안 블롱댕의 소식을 듣는 동안 순시아레는 며칠 전에 자기 점을 쳐준 한 점성가—아벨리오의 친구—의 예언을 그에게 털어놓았다고 했다. 점성가가 이상한 말을 했는데, 그녀가 '자아의 폭발'을 향해 가고 있다는 것이었다.

"폭발이라니? 순시아레는 더이상 설명하지 않고 화제를 바꾸었지요. 말하기를 그렇게 좋아하면서도 자신에 관한 말은 하지 않으려 했어요. 이 년 동안 조금이라도 속내를 털어놓은 적이 전혀 없었다니까요." 순시아레가 자기 사무실에 처음으로 모습을 나타냈던 것은 어느 7월 13일(도대체!)이었고, 그녀의 첫 원고를 건네주기 위해서였다고 했다. 흰색 투피스 차림이었다. 두 사람은 친구가 되었다. 두 사람은 거의 매일 만나다시피 했다. 그녀는 느닷없이 들르기도 했고, 작은 선물을 가져오는 일도 있었다. 그에게 편지도 자주 썼다. 하지만 그녀의 어린 시절이나 과거에 대해 그는 전혀 아는 바가 없었다. 그녀가 평범한 계층 출신이라는 것도 나중에야 소문을 통해 알게 된다. 아주 젊었을 때부터 집안과는 소식을 끊고 지낸 탓에, 어머니도 딸의 죽음을 신문을 보고 알았다고 했다. 그녀 때문에 남자들이 목숨을 끊었다는 소문도 있다. "예전에 그녀가 패션모델이었다는데, 맞나요?" 그는 이 젊은 여인이 줄에 맨 여우를 데리고 비행기에서 내리는 모습을 사진으로 본 기억이 있다고 했다. 그녀는 사진에서처럼 생활에서도 포즈와 연출 감각을 십분 발휘했다. 설득력이 무척 강했으며 전혀 거침이 없는 여자였다고 그는 거듭 강조했다(대체 하려는 말이 뭔가?). "나는 그녀의 청을 뿌리친 남자를 한 사람도 보지 못했어요. 그녀 앞에선 웬만하면 거절을 못했지요. 그래서 혹시라도 그녀가 아스통 마르탱의 핸들을 잡겠다고 했다면……"

남자는 주머니에서 손수건을 꺼내 입을 닦았다. 방금 뱉어낸 말들을 그렇게 지울 수 있다는 듯이. 카메라 앞에서 그런 이야기를 꺼낸 것을 후회했을까? 그는 순시아레에 관한 이야기로 다시 돌아갔다. 아이가 하나 있었는데, 그녀가 아주 젊은 나이에 낳은 자식이었다. 그 착한 아들은 어떻게 되었는지? 그후로 그애를 보지 못했다. 이들 모자 관계는 매우 특이해서, 엄마는 아들을 성인처럼 대했다고 했다. 그애의 나이는 몇 살쯤 되었을까? 예닐곱 살? 그는 이어서 다음과 같은 이야기를 했다. "어느 날 저녁이었어요. 내가 순시아레를 데리러 그녀의 집으로 갔어요. 함께 외식을 하기로 했거든요. 집은 릴 가(街)에 있었는데, 그녀는 일종의 지붕 밑 방에 살고 있었지요. 아주 예쁘게 꾸민 방이었어요. 내가 도착하자, 그녀는 일인분 식탁을 차리던 중이었어요. 식탁보와 그에 어울리는 냅킨까지 아주 정성 들인 상차림이더군요. 그녀는 커튼을 치고, 촛불을 켜고, 모차르트의 음악을 튼 다음, 자기 아들을 작은 왕자님처럼 식탁에 앉히는 거였어요. 그리고 우리는 출발했어요. '당신, 저애 혼자만 남겨놔도 괜찮겠어?' '물론 괜찮지, 걱정 말아요, 저앤 자기가 알아서 잘하니까'"

혼자만, 그래, 달랑 혼자만. 나는 이 말을 듣자 눈물이 났다. 이 착한 꼬마를 다시 만나고 싶다는 욕망이 솟구쳤다. 사십 년이 지난 후에 '나'라는 존재가 무엇을 고칠 수 있다는 듯이 말이다. 아들의 이름과 성(姓)이 인터뷰에서 언급되었다. 나는 인터넷에서 그의 연락처를 찾아보았다. 전화번호부에는 이름이 올라 있지 않았지만, 미디어 자료관 사이트에는 그의 활동에 관한 언급이 있었다. 그는 글을 쓰고 연출을 하고 작곡도 했는데, 그가 작곡한 곡들은 아마도 『푸른 수염』에서 『로빈슨 크루소』에 이르는 아동문학의 고전 명작을 음악으로 편곡한 음악전집 '귀로 읽기' 시리즈에 취입된 것 같았다. 귀로 읽기와 눈감고 글쓰기, 우리에게는 '이야기를 들려주려는 욕망'이 있다는 공통점이 있었다. 그는 파리 10구역에 위치한 출판 및 음반 제작 회사도 가지고 있었다. 나는 그 주소와 전화번호를 수첩에 기재했다. 검색을 하다 연결된 마지막 관련 사이트는 그의 먼 친척이 만든 족보 사이트였다. 순시아레의 아들에겐 자식이 세 명 있었고, 셋 다 아들이었다. 나는 밑줄이 그어진 링크를 클릭했다. 첫째는 태어나던 해 죽었다. 나는 목이 메었다. 둘째는 우리 친할아버지와 같은 이름을 지니고 있었다. 그리고 십사 개월 후에 태어난 셋째의 이름은 우리 오빠 이름과 같았다.

물론 그것 역시 순전한 우연이다.

이유를 꼭 집어 말할 수는 없지만, 그 이름들을 읽으면서 어쩐지 내 이야기를 끝마칠 때가 되었다는 느낌이 들었다. 자료 파일의 상당 부분을 차지하는 꽤 많은 이야기들이 여전히 남아 있다. 가령, 앓고 난 후 브베*에 있는 모랑**의 집에서 요양중이던 아버지가 어떻게 일광욕으로 3도 화상을 입게 되었는지, 그리고 술 마시기 경연대회와 럭비 시합과 프리쥐닉 백화점의 여점원에 대해서는 아직 말도 꺼내지 못했다. 하지만 정말 필요한 이야기들일까? 그런 기억들은 서랍 속의 퀴퀴한 냄새를 풍긴다. 게다

---

* 스위스 레만 호수 근처의 작은 마을.

** Paul Morand(1888~1976) : 프랑스의 작가, 외교관.

가 너무 자신 있게 기록된 메모들인 탓에 은밀한 구석이라곤 없
다. 그래서 지금은 이쯤 하고 말아야겠다.

어느 날 아침 나는 그의 전화번호를 눌렀다. 만날 약속을 잡고, 그를 만나고, 그의 엄마와 아주 친했던 그 섬세한 남자를 연결해주고 싶었다. 신호음이 여러 번 울렸다. 그의 아파트를 상상해보았다. 문이 열렸다 닫히는 소리, 복도를 걸어오는 발소리, 그런데 만일 그의 아들이 전화를 받는다면? 아내가 받는다면? 내가 누구라고 말해야 하나? 안녕하세요, 저는 마리 니미에입니다. 우리 아버지가 작가인데……

작가인데, 그 다음은? 뭐라고 말을 해야지?

황급히 전화를 끊어버렸다. 그날 밤 내내 나는 안절부절못했다. 순시아레의 아들 모습은 그후 어떻게 변했을까? 어떻게 살고 있을까? 이런 증언을 들을 마음의 준비는 되어 있을까? 자기

217

엄마의 다정하고 난폭한 면모에 대한 이야기를 들을 만큼? 그런데 대체 내가 그에게서 기대하는 것은 뭘까? 그의 번호를 누르게 만드는 궁금증과 흥분의 이유는? 나는 통화를 포기하겠다는 각오를 다지면서 아주 늦게야 잠이 들었다. 새벽녘에 뒤숭숭한 꿈을 꾸었다. 내가 푹푹 빠지는 모래에서 어린 사내아이를 끌어냈다. 이 아이는 비톨트 곰브로비치*의 아들이었다. 우리 아버지의 어릴 적 모습과 꼭 닮았다. 내가 아이에게 손을 내밀자 그 애가 내 손목을 붙잡았다. "숨을 쉬어, 애야, 숨을 쉬어", 바로 이 말을 꿈속에서 내가 아이에게 했다. 그애를 품에 안고 나는 그 작가의 집까지 갔다. 그애는 꼼짝도 안 했고, 기진맥진한 상태였지만, 그래도 내 말을 듣고 있다는 확신이 들었다. 그래서 나는 되풀이해서 말했다. "숨을 쉬어, 애야, 숨을 쉬어." 그애의 등이 휘었다. 뜨거운 프라이팬에 놓으면 기름을 피해 붉거져오르는 싱싱한 가자미처럼 휘었다. 애원하는 내 목소리를 피해서, 끈질긴 생명을 피해서 말이다. 겉으론 피 한 방울 안 나게 말짱해도, 피는 내부 어딘가의 낭(囊) 속에 억눌린 채 갑갑하게 고여 있었다. 그애를 흔들어서 공기가 흘러들게 하고 창백한 육체에 생명의 화색이 돌아오게 해야 하는데, 내겐 그럴 힘이 없었다.

---

* Witold Gombrowicz(1904~1969) : 폴란드의 소설가, 극작가.

곰브로비치의 아내가 집 앞 계단 위로 나왔다. 절세미인이었다. 그때 나는 영화나 연극에서처럼 우리가 무대에 올라가 있음을 깨달았다. 도로 표지판의 이미지들이 우리 주변에서 기묘한 원을 그리고 있었다. 이미지들은 나무에, 게시판에, 인도에, 집의 덧창에 투영되어 있었다. 잠이 깨면서 운전학원에서 본 슬라이드 필름이 떠올랐다. 사고 현장을 목격하면 사태가 더 악화되지 않도록 조처를 취하는 게 중요하다고 배웠다. 마실 것을 주거나 피해자를 옮기지 말고, 몸을 덮어주고 안심되는 말을 해준다. 교본에 실린 사진을 보면, 교통사고 피해자를 구하러 온 남자의 어깨에 구명 모포가 얹혀 있다. 측은지심이 가득한 그의 얼굴이 피해자에게 기울어져 있다. 피해자가 숨을 쉬지 않을 경우, 인공호흡을 할 줄 안다면 그렇게 해야 한다. 사진 속의 남자는 인공호흡을 기가 막히게 잘한다. 무슨 말인가 하면, 전혀 딴 생각 없이 인공호흡에 전념한다는 말이다. 아마추어라면 낯선 사람에게 입을 맞대기를 주저할 텐데, 그는 천만다행으로 이 행위에 전심전력을 쏟는다. 그는 자기 입술이 남의 입술에 닿는다고 생각하는 대신 바로 네 개의 폐, 즉 이백 제곱미터의 폐포(肺胞)가 합쳐진다고 믿는다. 오직 그의 경험 덕분에 곧 피해자의 내부에서 기체 양분이 순환하게 될 것이다. 그는 스물네 시간 동안 우리 각자의 폐를 통과하는 공기량이 만 리터 이상임을 알고 있다.

아버지가 돌아가시고서 몇 년이 흘러갔나? 그날 저녁에 아버지가 아스통 마르탱을 타지 않았더라면 몇십억 리터의 공기가 아버지의 몸을 통과했을까? 비록 간혹이나마 우리가 그저 같은 방, 같은 거실, 같은 승강기에 있다는 것만으로도 이 수십억 리터 중의 몇천만 혹은 몇십만 리터의 공기를 공유할 수 있었을까? 다시 꿈 이야기로 돌아오자. 비톨트의 아내가 나를 향해 두 팔을 내밀고 천천히 다가왔다. 아이가 숨을 쉰다고 느끼는 순간 나는 잠에서 깨어났다. 아이는 살아났다. 우리가 그애를 구한 것이다. 그날은 하루 온종일 기분이 아주 좋았고, 순시아레의 아들을 만난다는 생각도 갑자기 당연하게 여겨졌다. 어떻게 머뭇거릴 수 있었단 말인가? 그래, 비록 운전면허증은 놓쳤지만 이것만은 놓치지 말자. 그와 만나는 일을 말이다. 처음 만난 후로 이십 년이나 흘렀지만.

나는 쿨하게 이렇게 쓰고 싶었을 것이다. "어제 아침에 나는 파리 10구역에 갔다. 우리는 커피를 마시고 버터 바른 빵을 먹었다. 순시아레의 아들은, 뭐랄까, 아주 친절하게 대해주었다: 나는 우리가 종종 서로 보게 되리라고 믿는다."

하지만 내가 전화를 했다가 알게 된 사실은 이렇다. 전화를 받은 여자가 말했다. 순시아레의 아들은 죽었다고. 나는 책상 앞에서 망연자실해 있다.

내 힘으로는 어쩔 수 없다는 느낌. 낙엽이 나뭇가지에 절망적으로 매달려 떨어지기를 거부하던 어느 가을의 느낌. 집 안이 춥다. 그의 장례식에는 조문객들이 많이 왔다고 했다. 아주 많은 친구들이.

프랑크가 집안에 크리스마스 트리를 들여놓았다. 아이들이 트리를 장식했고, 흙으로 새 나귀를 빚었고(작년에 만든 나귀는 다리 두 개가 없어졌다), 스프레이를 뿌려 유리창을 하얗게 만들었고, 문 둘레에 호랑가시나무 가지와 겨우살이를 걸었다. 대림절* 달력에는 이제 열어야 할 창이 여섯 개밖에 남지 않았다. 프랑크는 외양간을 고치려고 접착제 총을 작동시켰다. 포장을 풀 때 외양간이 망가졌기 때문이다. 엘리오는 크리스마스 트리 밑에 갖다놓을 셈으로 자기 장화를 찾으러 가면서, 전에 읽었던 이야기가 머리에 떠오른 탓인지, 한 짝만 놓을지 두 짝 다 놓을

---

* 크리스마스 전 4주간을 포함하는 시기.

지 망설였다.

"그러니까 생각나는군." 프랑크가 내 쪽으로 몸을 돌리며 말했다. 주방 탁자 위에 접착제가 떨어질까봐 권총을 하늘로 치켜든 채로, "그러니까 생각나는군, 당신 아버지 신발 말이야"라고.

"우리 아버지 신발?" 나는 프랑크가 무슨 말을 하는지 알지 못했다.

그는 내가 집안의 전설인 감동의 에피소드를 모른다는 사실에 놀랐다. 그것은 어느 날 저녁, 내가 아이들에게 책을 읽어주는 동안 엄마가 그에게 해준 이야기였다. 프랑크는 나도 당연히 알고 있으리라 믿었다. 무슨 이야기냐고? 1962년 어느 날 밤, 프레데릭 다르와 그의 아내가 파리에서 당시 그들이 살던 뮈로*로 돌아가던 길이었다. 서부 고속도로에는 차가 뜸했다. 도로 아래쪽 기슭에 검은 형체의 사고 차량이 눈에 띄었다. 방금 사고가 난 줄로 생각했던 두 사람은 도와줄 셈으로 차를 세웠다. 하지만 차 안에는 아무도 없었다. 단지 신발 한 짝이 비탈 위에 나뒹굴고 있을 뿐이었다. 작가와 그의 아내는 고아가 된 신발을 집어서 부서진 차 안에 넣어주었다. 그 행위가 끔찍한 광경을 조금이라도 완화시킬 수 있다는 듯이. 작가의 아내는 신발이 마치 작은

---
* 파리 근교의 도시.

223

동물, 부드럽고 따스한 무엇이라도 되는 듯이 "그 신발"이라고 발음했다. 그녀는 사십 년이 지난 후에도 그 신발이 눈에 선하고, 아직도 두 손에 감촉이 느껴진다고 말했다. 또 자기는 사람들 앞에서 신발 이야기를 꺼낸 적이 한 번도 없는데, 그 이유는 오직 한 가지, 즉 그것은 이야깃거리가 아니라 자기들 삶에서 대단히 중요한 순간이었기 때문이라고 말했다. 그들은 다음날이 되어서야 신문에 대문자로 찍힌 머리기사 제목을 읽으면서 확실하게 알게 되었다. 그들이 손으로 집어들었던 신발 한 짝은 바로 로제 니미에의 것이었다.

외양간이 다시 제 모양으로 붙여졌고, 아기 예수는 엄마 뱃속으로 들어갔다. 마리아는 푸른 베일을 쓰고 있다. 24일 밤에 아기 예수가 엄마 배에서 나와 구유 속에 자리 잡기 쉽도록 아이들은 마리아에게 붙였다 떼었다 하는 앞치마를 만들어 입혔다. 요셉은 약간 떨어져서 지팡이를 짚고 서 있다. 그는 지쳐 보인다. 좀더 떨어진 곳에는 낙타와 나란히 걸어가는 동방박사들이 있다. 트리의 낮은 가지에 걸린 반짝이는 화환 때문에 이 장면 전체에 약간 환각적인 분위기가 생겨났다. 엘리오는 트리 밑에 결국 장화 두 짝을 모두 놓았고, 메를랭은 지난해에 놓았던 신발

한 켤레를 놓았다. 12월치곤 드물게 포근한 날씨였다. 아버지의 신발 한 짝이 자꾸만 생각났다. 마치 길가에서 그것을 주운 사람이 나였던 것처럼, 나는 두 손으로 그 신발을 쥐고 있는 듯한 느낌을 받았다. 신발을 차 안에 도로 집어넣은 행위에 나는 무한한 감동을 받았다. 퍼즐은 완성되었다. 아니면 최소한 틀에 끼워졌든가 테두리라도 쳐졌다. 그 내부에 커다란 빈칸이 있어서 조각들이 무리를 지어 여기저기 끼워지기도 하고, 흩어진 섬들이 말(言)로 파놓은 길만큼이나 많은 지그재그 선들에 의해 현재와 연결되기도 했다. 그런데 기이한 일이지만, 강한 인상을 남긴 말들, 자신의 흔적을 남길 만큼 충분히 떠돌던 말들이, 빠져 있던 조각, 즉 되찾은 조각 주변에 편성되어 퍼즐 맞추기에 제가끔 기여한 듯이 보인다. 글을 쓸 때, 이런 결과를 의도할 만한 어떤 전략이나 계획도 없었는데도 말이다. 아버지는 사고 당시 신발 한 짝을 분실했다. 하지만 마르탱 오빠가 만반의 준비를 갖춰놓았으니 이제 안심하고 돌아오실 수 있게 되었다. 퍼즐 그림 하단에는, 장식 띠처럼, 오빠의 가장 아름다운 소장품 구두들이 비스듬한 조명을 받아 반짝거렸다. 웨스턴, 처치스, 핀스베리, 그리고 크로켓 앤 존스 제품들 중에는 아버지에게 맞는 치수가 분명 있으리라. 당신 아들이 정성스럽게 죽 늘어놓은 광택 나는 구두들이 마치 승객을 찾는 소형 비행기처럼 구세주의 왕림을 기다리고 있다. 좀더 위쪽에는 푸른 조각들로 맞춰진 웅덩이가 있다. 거기서 안데르센의 인어공주, 자신이 익사 위기에서 구해낸 왕자의 마음에 들려고 목소리를 고통스런 두 다리로 맞바꿀 여자가 나타나게 되리라. 상단 좌측에는 위그 오빠가 의자에 앉아 몸을 흔들고 있고, 그 옆에는 푹푹 빠지는 모래에서 구해낸 소년과 맨발로 걸어다니는 천사가 있다. 약간 더 밑으로 내려가면 아버지의 책꽂이가 있고, 그 위에 권총이 놓였던 자리에서 방울 술이 달린 실내 슬리퍼가 굴러다닌다. 내 발뒤꿈치에 생겼던 물집, 그로 인해 성당에서 헌금을 걷으러 다니지 못했던 일, 할머니에게 얻어맞은 따귀, 그리고 내 죄를 용서받기 위해 생토귀스탱의 헌금함에 슬쩍 집어넣은 5프랑짜리 동전이 다시 떠올랐다. 관절 류머티즘 생각도 났다. 장대높이뛰기 선수의 아킬레스건도 생각났다. 클러치 페달을 밟을 때마다 삐걱거리던 구두 밑창이, 생브리외의 묘지 위에 난 고양이의 발자국이 생각났다. 내 다리가 부러졌던 일도 생각났다. 그 일은 말하지 않은 것 같은데, 그래도 꽤 흥미로운 이야기다. 내가 한 살 때 다리가 부러졌었다. 우리를 돌봐주던 언니가 나를 안은 채로 층계에서 넘어졌던 것 같다. 엄마가 일을 마치고 집에 돌아와 보니 내 눈에 눈물이 잔뜩 고여 있었다고 했다. 나는 야단법석을 치지 않았다. 그저 거기, 침대에 누인 채 침묵 속에 있었다. 아버지가 우리를 차에 태워 병원으로 데려갔다. 실제로 무슨 일이 일어났었지? 언니가 미끄러운 계단에서 넘어졌을 뿐 아무 일도 아니었다. 그런데도 내게는 늘 조기 골절이 층계나 층계에서 떨어진 일과는 전혀 무관하게, 누구나 잊고 싶어하는, 나도 모르는 어떤 사실의 기호처럼 여겨졌다. 아무튼, 뇌리에서 결코 사라지지 않지만 그렇다고 소리 내어 질문조차 할 수 없는 이 문제를 나는 새로운 관점에서 다시 생각해보았다. 한 아버지는 어떻게 걷는가? 그러자 퍼즐의 조각들이 생기를 얻어 살아났다. 전체 그림 한가운데서 조각 하나가 움직였다. 그곳에 그가, 까다로운 아버지가 있었고, 다른 사람들이 걷듯이 두 발로 걷고 있었다. 아버지가 몸을 돌리자, 아버지가 제 자식을 알아보듯, 나도 그렇게 아버지를 알아볼 수 있었다. 아버지의 걸음걸이뿐만 아니라, 애정이 우러나는 얼굴, 윤곽, 표정까지 알아볼 수 있었다. 번듯한 이마, 녹색 눈, 눈썹이 그리는 완벽한 곡선까지도. 나는 그 모두를 눈앞에 그려보고 상상할 수 있었다. 그러자 오랜만에 처음으로 내 마음이 편안해졌다. 마침내 세상에 휴식시간이 찾아온 듯이.

스핑크스의 수수께끼를 풀기

1962년 9월 28일 자정 무렵 생클루 터널에서 파리 방향으로 6 킬로미터 지점에서 교통사고가 발생했고, 탑승자 두 명은 모두 사망했다. 한 사람은 당시 열 손가락 안에 드는 유명작가 로제 니미에(36세)였고, 또 한 사람은 애인으로 추정되는 미모의 여류작가 순시아레 드라르콘(27세)*이었다. 그로부터 세월은 끊임없이 흘러 다섯 살에 불과하던 어린 딸 마리가 불혹의 나이를 넘긴 작가가 되었다. 마침내 아버지에 관해서, 그리고 아버지의 부재로 인한 자신의 상처와 고통에 관해 그녀가 말문을 열었다. 입

---

* 한때 패션모델이기도 했던 이 여류작가의 전기(『순시아레를 찾아서』, Lucien d'Azay, Gallimard, 2005)가 『슬픈 아이의 딸』(2004)과 거의 같은 시기에 출간되었다. 기묘한 우연의 일치라고나 할까.

을 다물고 말할 수 있는 유일한 방법인 글쓰기를 통해서.

셰에라자드의 글쓰기

『슬픈 아이의 딸』은 앞서 출간된 그녀의 여덟 편의 소설과 비
교할 때 한 가지 특이한 점이 눈에 띈다. 책표지에 장르가 기재
되어 있지 않다는 사실인데, 그것은 문학작품의 경우 장르를 기
재하는 것이 관례인 프랑스에서는 이례적인 일이 아닐 수 없다.
게다가 그해에 출간된 소설을 대상으로 한 문학상(2004년도 메
디치 상) 수상작이며 공쿠르 상의 최종심까지 올라갔던 사실로
미루어 볼 때, 이 작품이 암묵적으로 '소설'로 분류되고 있기에
더욱 그렇다. 이유인즉 마리 니미에 자신이 이 텍스트의 장르를
'에세이'('수필'이 아닌 '시도(試圖)'라는 의미에서)라 하면 어
떻겠느냐고 제안했기 때문이었다. '소설(허구)'이라 부르기엔
너무 현실이 많이 들어 있고, '증언'이라 하기엔 객관적 진실과
다소 거리가 있다는 것이다. 결국 장르는 표기되지 않은 채 빈칸
으로 남게 되었다.

그 사실은 마리 니미에의 앞선 작품들과 비교해서 이 작품의
본질적인 차이를 드러내는 것이기도 하다. 이 텍스트의 경우에
는 평소 글쓰기 방식(테마를 정하고, 자료를 수집하고, 인물들을

설정한 연후에 초안을 작성하여 다듬는다)과는 달리, 사전에 아무런 구상 없이, 마치 무의식이 부르는 것을 손이 받아 적듯이 그렇게 써 내려갔다고 작가 자신이 말하고 있다. 처음에는 3인칭 서술의 소설로 썼다가 폐기하고, 다시 1인칭 서술의 고백체로 쓰기 시작해서 집필에만 꼬박 4년이 걸렸다고 한다. 제목이 붙여진 것도 물론 글을 쓰고 난 다음이다. 우리가 텍스트를 읽으면서 흡사 정신분석의 앞에서 쏟아내는 작가의 진술을 엿듣는 느낌이 드는 것은 그래서일 것이다. 그런데 그녀가 필사적으로 이 책에 매달린 것은 일생일대의 야심작을 쓰기 위해서가 아니었다. 오히려 이 책을 쓰지 않으면(아버지와의 문제를 풀지 않으면) 더이상 "정상적인 생활이 불가능할"(72쪽) 지경에 이르렀으며, 시기적으로도 아버지의 친구들이 모두 세상을 뜨기 전에 서둘러 증언을 채취할 필요가 있기 때문이었다. 절박하게 매달리다보니 결과적으로 훌륭한 작품을 쓰게 되었지만(『슬픈 아이의 딸』은 마리 니미에의 가장 훌륭한 작품이라는 평가와 더불어 앞선 여덟 편의 소설을 이해하는 데 필수적인 텍스트로 간주된다), 이 책의 집필 동기는 무엇보다도 생존을 위해서였다. 그런 의미에서 그녀는 죽음을 연기하려고 이야기를 하는 셰에라자드이고, 이 책은 "물리적으로 위험한 남자"(74쪽)인 '아버지-스핑크스'의 수수께끼에 대한 해답인 셈이다. 그녀는 센 강에 투신했던 자살기도가 미수로 끝난 직후에 수수께끼를 풀 실마리를 찾아낸다.

그때 글쓰기가 떠올랐다. 그것은 내가 이 막다른 골목에서 벗어나도록, 그리고 아버지의 이중 명령에 몇 번이고 반복해서 대답하도록 도와줄 수 있는 방법이었다. 소설가란 침묵을 지키면서 이야기를 하는 자, 입을 다물고 말하는 자가 아니던가? (196쪽)

문제는 자신 안에 억압되어 자신을 억압하는 아버지를 꺼내서 대면하는 일이다. 자주 꾸는 악몽에 등장하는 "이목구비가 없는 남자의 얼굴"(87쪽)에 눈과 코와 입을 그려 넣는 일이다. 하지만 가물가물한 아버지의 모습, "다른 사람들의 말로 윤곽이 그려진 얼굴, 내가 아는 얼굴, 하지만 보이지 않는 얼굴, 나는 도저히 볼 수 없는 얼굴"(59쪽)을 어떻게 초상화로 그릴 것인가? 아버지에 대한 기억이 거의 없는 딸은 아버지 친구들의 말이나 글, 소문, 어머니의 증언, 아버지가 남긴 유언장이나 편지들을 모아 힘들게 퍼즐(아버지의 초상)을 맞춰나가기 시작한다. 그 작업은 과장(아버지의 후광이 되어버린 문학계의 신화)과 거짓(어머니에 의해 미화된 가족신화)이라는 이중의 베일을 벗겨내고 진실과 대면하는 고통 속에서 진행된다.

마리 니미에는 "나를 향한 세간의 관심은 부당하게 획득된 것이 아닌가?"(60쪽)라는 의문을 제기했다가, "어린 계집애에 불과했던 내게 로제 니미에는 위험한 남자였다"(74쪽)고 쓰고, "나는 창피하다. 매 맞은 아이가 부모를 창피하게 여기듯이"(170쪽)라고 쓰기도 한다. 그런가 하면, 자식들에게 동화책을 읽어주다가 피노키오가 "오, 사랑하는 아빠, 앞으론 절대 아빠 곁을 떠나지 않을게요, 결코, 두 번 다시는!" 하고 말하는 대목에서 걷잡을 수 없이 마음이 흔들리기도 한다(72쪽). 가족에 대한 아버지의 악행을 드러내는 것으로 시작된 초상화는 점차 요절한 천재작가의 모습 뒤로 폭력적인 남편이며 냉정하고 이기적인 아버지의 윤곽을 드러내고, 다시 그 모습 뒤에서 절망에 빠진 젊은 작가이며 '애정이 우러나는 아버지'(227쪽)의 얼굴이 떠오르게 한다. 그러나 어느 순간 우리는 딸의 자화상을 바라보고 있음을 알아차린다. 『슬픈 아이의 딸』은 아버지의 초상화로 그려진 자화상이며, 스핑크스의 수수께끼에 대한 답이다.

침묵과 보행, 혹은 언어와 운전(면허시험)

앞서 『슬픈 아이의 딸』은 생각나는 대로 써 내려간 글이라고 했지만, 쓰고 난 연후에 재구성과 압축 단계를 거쳤음은 물론이다. 그 과정에서 작가는 단편적인 기억과 증언들을 그만큼 짧고

단속적인 문체로, 그러나 치밀한 계산으로 짜임새 있게 재배열하고 촘촘하게 글의 밀도를 높여 이음새가 드러나지 않도록 했을 것이다. 그래서 이 텍스트는 흡사 과거와 현재가 씨줄과 날줄로 교차된 매끄러운 직물, 두 개의 모티브(침묵과 보행)가 변주되며 반복되는 푸가 형식의 곡, 혹은 두 개의 기둥 위에 세워진 정교한 건축물 같다는 인상을 준다.

이 텍스트의 근간을 이루는 두 테마는 바로 〈침묵〉과 〈보행〉이고, 〈언어〉와 〈운전(면허시험)〉은 그 변주이다. 여기서 문제되는 침묵은 '언어를 말하지 않는 것'으로서 언어의 영역에 속하고, 보행은 '전진하는 행위'로서 자동차 운전과 동일한 범주에 속한다. 전자(침묵 혹은 언어)와 후자(보행 혹은 운전)의 에피소드들은 과거나 현재라는 시간에 편입되어 각기 씨줄과 날줄로 교차되며 텍스트를 짜나간다. 텍스트가 짜여감에 따라 둘이던 테마는 점차 하나로 수렴된다. 침묵(언어)과 보행(운전)이 '교통(소통)의 방식'으로 묶이기 때문이다. 그런 관점에서 보면 '운전교습'은 '새로운 언어 습득'을 위한 노력이다. 그러한 추이를 시종일관 관통하고 있는 "침묵의 여왕은 어떻게 말을 하지?"라는 수수께끼도 고통스러운 질문에서 모순을 극복한 해답으로 바뀌게 된다. 칼로 자르듯이 정확히 나눌 수는 없지만, 대체로 텍스트의 한쪽에는 〈과거〉, 〈침묵〉, 〈질문〉이 있고, 다른 한

쪽에는 〈현재〉, 〈보행〉, 〈해답〉이 있어서, 서로 상관관계 속에서 얽히고설키다가 하나로 풀리는 양상을 보이고 있다.

과거에 딸은 일찌감치 아버지가 놓은 침묵의 덫에 걸렸다. 아버지는 딸의 요람에 '침묵이란 팻말을 쥔 천사 인형'을 놓아두었고[*], 딸에게 '침묵의 여왕'이란 별명을 부여했으며, 그림엽서에 대문자로 문제의 수수께끼(침묵의 여왕은 어떻게 말을 하지?)를 써 보냈다. 그리고 홀연 자동차 사고로 떠나버렸다. 그래서 여기 있되 진짜로 존재하지 않으며, 떠났으되 진짜로 부재하지 않는 유령 아버지가 된다(47쪽).

현재(아버지의 사망 이후)는 딸이 아버지와의 문제를 침묵 속에 밀어 넣고 억압한 탓에 아버지를 앓고 있다. 마음의 고통은 증상이 되어 나타난다. 몸이(다리가, 발이) '앞으로 나아갈 수 없다'고 비명을 지른다. 아기 때 다리가 부러졌고(226쪽), 어렸을 때 발뒤꿈치가 아파서 걷지 못한 일이 있었고(120~127쪽), 급성 관절 류머티즘에 걸려 줄곧 누워 지냈는가 하면(128~133쪽), 어른이 된 지금은 운전면허 시험에서 번번이 실패한다. 운전교습 조교는 그녀가 어려운 상황에 처할 때마다 숨을 멈추기 때문이라고 지적한다. 일시적인 호흡정지, 그것은 삶 속의 죽음

---

* 『Quotidien』, 2004년 10월 23일. G-P Wagner의 기사.

이다. 스핑크스의 수수께끼를 풀지 못하면 죽음을 면치 못한다. 어쨌든 살기 위해서는 답을 제시하지 않으면 안 된다. 마침내 답안이 작성된다. 그것이 『슬픈 아이의 딸』이다.

여기서 한 가지 의문이 생긴다. 이 작품 이전에 쓴 여덟 편의 소설은 수수께끼의 답이 될 수 없는가? 대답은 '없다'이다. 『새로운 포르노그래피』(2000년)에서 아버지에 대한 암시가 있었던 것을 제외하면 아버지에 대한 언급이 전무하기 때문이다. '글쓰기'는 수수께끼의 모순을 해결하는 방식이지 그 내용 자체는 아니다. 그녀는 해결책을 발견하고 나서도 '아버지에 대한 글쓰기'를 차일피일 미루고만 있었다. 우연히 경매*에 나온 아버지의 편지를 발견하게 될 때까지는 그랬다. 이 편지에서 아버지는 딸의 출생을 친구에게 이렇게 알리고 있었다.

결국, 어제 아내가 딸을 낳았네. 나는 즉시 그애를 센 강에 처넣어버렸네. 더이상 그애 이야기를 듣고 싶지가 않거든.(161쪽)

그때까지만 해도 마리 니미에는 자신이 왜 느닷없이(스물다섯 살 무렵 만사가 순조롭던 시기였다) 한밤중에 다리에서 뛰어

---

* 기자를 만난 후에 경매가 있었다고 했으니 『도미노』가 출간된 1999년 이후이다.

내렸는지 이해하지 못하고 있었다. 하지만 아버지의 편지를 읽는 순간 모든 게 확실해진다. 자살기도는 "아버지의 명령을 이십오 년이 지나서 실행에 옮기려 했던 것처럼 (…) 절망적인 몸짓이라기보다는 외부에서 부여받은 임무에 더 가까운 행위"(162쪽)였음을 깨닫는다.

내 출생을 알린 야릇한 방식과 내 자살기도 사이의 일치, 우연의 일치라 불러야 할 그것은 내게 슬픔보다는 충격을 남겼다. 내가 느낀 감정은 깨달음─눈이 환해짐, 계시를 뜻하는 일본어 '사토리'─인 동시에 씁쓸함과 흡사했다.(163쪽)

그녀가 받은 충격은 '자신에게 아버지 귀신이 씌었다'는 사실 때문이었을 것이다. 그리고 '아버지 귀신과의 동거'를 청산하지 못하면 자신의 정체성이 소멸될 수도 있다는 위기감을 느꼈으리라. 그녀는 치과에서 수표에 서명을 하던 중에 자신이 Marie Nimier가 아니라 Marie Nier(부인된 마리)*라고 쓴다는 사실을 알아차린다. 아버지의 존재를 부정하고 지워버리려는 무의식적인 노력이 오히려 자신을 지워가고 있는 것이다.

---

* Nier(부인하다)는 Niée(부인된)와 발음이 같다.

요 몇 해 동안 나는 'Nimier'가 아니라 'mi'를 빼고 'Nier'라고 서명했다. 나는 'm'자 위치에 아주 곧게 횡선을 그었고, 줄을 긋는 손놀림에 휩쓸려 'i'자도 함께 지워졌다.(136쪽)

죽음으로의 도피(1982년)에 실패하고 글쓰기에 입문(1985년 등단)한 후에도 침묵의 여왕은 무려 이십여 년 간이나 아버지와의 맞대면을 피해왔다. 하지만 경매에서 발견한 문제의 편지가 발단이 되어 그녀는 면도칼로 생살을 저미는 고통 속에서 글로 아버지를 복원한다. 그리하여 '나'로 거듭나게 되었다. 그리고 자신이 센 강에 투신했을 때 핸드백과 함께 강바닥에 가라앉은 주민등록증 대신 침묵의 여왕은 『슬픈 아이의 딸』(이 책의 원제는 '침묵의 여왕'이다)이라는 새 주민등록증을 발급받게 되었다. 그렇다면 운전면허증은 어떻게 되었나?

마리 니미에는 "만일 우리 아버지가 일찍 죽지 않았다면 어떻게 되었을까? 운전면허증은 땄을까?"(184쪽)라고 말한다. 아버지의 부재와 운전면허 시험의 실패가 원인과 결과처럼 하나로 묶여 있다. 이제 아버지와의 문제를 풀었으니 면허증을 따도 되지 않을까? 하지만 작가는 한 대담에서 "이 책의 말미에서 모든 것이 제자리를 잡는 듯하지만, 내 삶에는 여전히 어둠의 그림자가 깃들어 있을 것"이라는 고백에 이어 이렇게 말하고 있다.

사람들은 이 책의 끝에서 한심한 마리 니미에가 결국 운전면
허증을 따게 되기를 기대했을 것이다. 하지만 천만에, 나는 시험
에 또 떨어졌다.*

　만일 그녀가 운전면허 시험에 합격하는 해피엔딩으로 이 책이
끝났다면 나는 실망했을 것이다. 나는 작가가 도식적으로 〈바라
는 대로의 세상〉을 그리지 않고 〈있는 그대로의 세상〉을 그렸다
는 것이 즐겁다. 인도에서 또각또각 울리는 구두 굽 소리를 들으
며 잔뜩 주눅이 든 채로 "이 소리를 내는 건 바로 나야. 내가 또
박또박 걷고 있어"(166쪽)라고 힘들게 말해주는 것이 고맙다.

　생각해보니 아버지에 관한 이 책을 번역하면서 나는 늙고 병
든 아버지를 외로움 속에서 홀로 떠나시게 했다. 그 죄가 커서
아버지를 가슴에 묻게 되었는데, 마지막 줄을 쓰면서 새삼 목이
멘다.

2007년 겨울　송의경

---

* 『Elle』, 2004년 9월 6일. Olivia De Lamberterie와의 대담기사.

옮긴이 **송의경**

서울대 불문학과를 졸업하고 이화여대에서 박사학위를 받았으며, 프랑스 엑상 프로방스
대학 박사과정을 수료했다. 이화여대와 덕성여대에서 강의를 역임했다. 『낭만적 거짓과
소설적 진실』 『은밀한 생』 『로마의 테라스』 『떠도는 그림자들』 『혀끝에서 맴도는 이름』 『섹
스와 공포』 『달을 따는 이야기』 『사랑, 소설 같은 이야기』 등을 우리말로 옮겼다.

문학동네 세계문학
슬픈 아이의 딸

| 초판인쇄 | 2008년 1월 9일 |
| 초판발행 | 2008년 1월 14일 |

지 은 이	마리 니미에
옮 긴 이	송의경
펴 낸 이	강병선
책임편집	이은현 조현나
펴 낸 곳	(주)문학동네
출판등록	1993년 10월 22일 제406-2003-000045호

주 소	413-756 경기도 파주시 교하읍 문발리 파주출판도시 513-8
전자우편	editor@munhak.com
전화번호	031) 955-8888
팩 스	031) 955-8855

ISBN 978-89-546-0444-4 03860

www.munhak.com